深夜食堂

シンヤショクドウ

18

安倍夜郎

花ちゃん

菜單

深夜2時

第240夜◎筑前煮

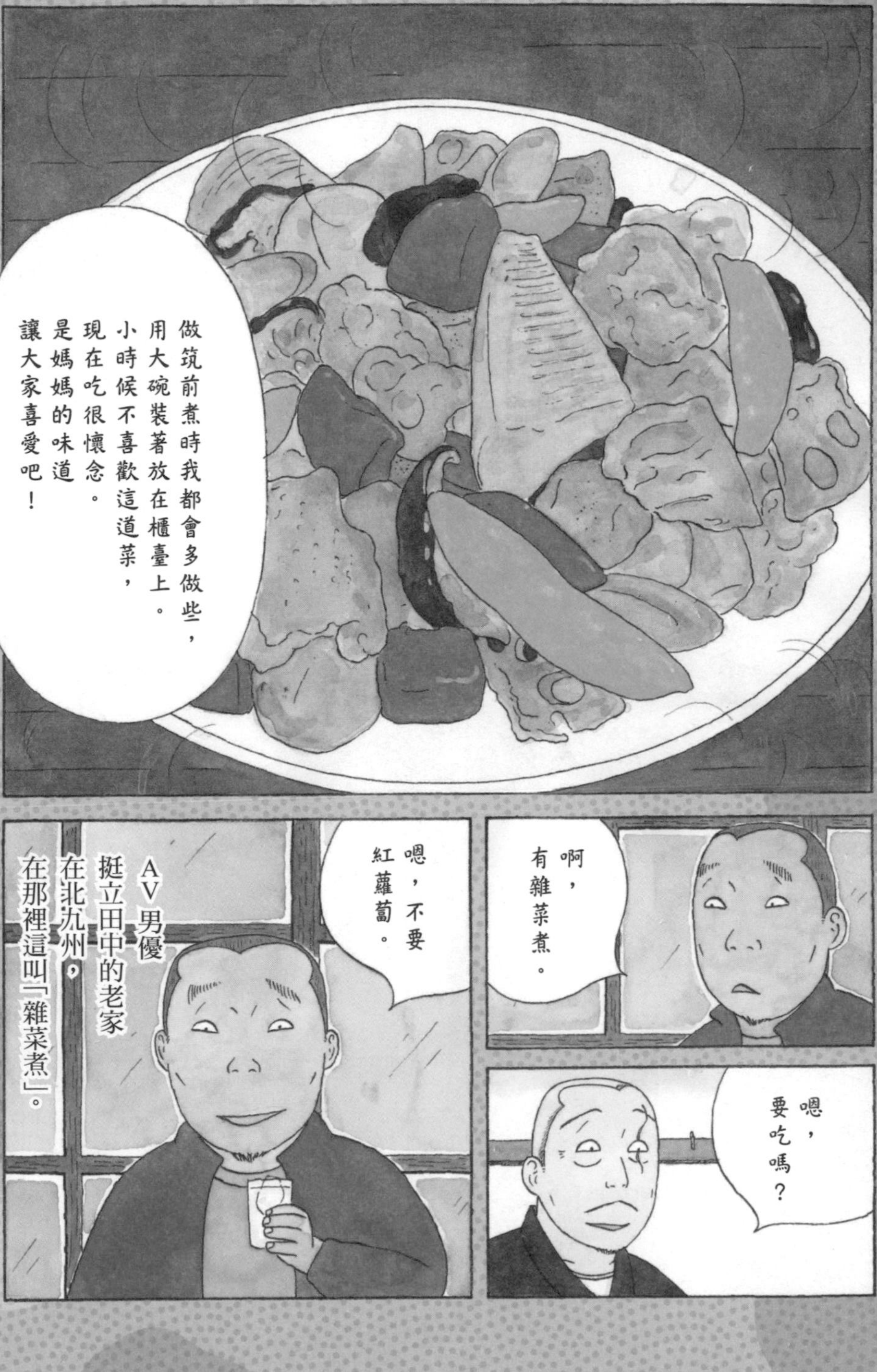
做筑前煮時我都會多做些，
用大碗裝著放在櫃臺上。
小時候不喜歡這道菜，
現在吃很懷念。
是媽媽的味道
讓大家喜愛吧！
啊，有雜菜煮。
嗯，要吃嗎？
嗯，不要紅蘿蔔。
AV男優
挺立田中的老家
在北九州，
在那裡這叫「雜菜煮」。

老媽的雜菜煮比較甜。
我不吃紅蘿蔔常常被打。
嗯。新年回去了嗎？
沒有，嫌麻煩。老媽應該也不知道該怎麼對我吧。
樹欲靜而風不止，子欲養而親不待。
這我懂啦！
♪
老媽?!怎麼現在打來？
哎……早紀江嗎？

嗯……妳好。
多年沒見了。
喔，這樣啊……
咦，星期天?!
嗯……嗯。
這星期天，老媽要跟早紀江來東京。
田中的母親在福岡開小酒館，為了慶祝六十大壽，要帶姊姊來東京玩，但姊姊臨時有事，讓早紀江小姐代替她來。
早紀江是？
是比我大一歲、從小認識的鄰居姊姊。
最近，她跟老公離婚，搬回了娘家。中學時是個不良少女，還加入暴走族……

星期天——
めし
正和一直蒙您關照了。
哪裡，我才是。田中叫做正和嗎?!
嗯。
我是田村正和的粉絲。哈哈哈……
真的，小正都長大啦！
哪裡，長大的只有老二啦。他膽子小就跟死掉的老爸一模一樣。
那個膽小鬼又尿床的小正啊！
老媽！

這兩人一搭一唱
連挺立田中都沒輒。
那天晚上，
媽媽在田中那裡過夜，
早紀江自己住旅館。
正和，你覺得早紀江怎樣？
什麼怎樣？
她年輕時混過，還離了兩三次婚，但她是個溫柔的好女孩呀！
那種工作你打算幹到什麼時候？也該回福岡跟早紀江一起繼承家裡的店了。
幹嘛突然說這個啦！

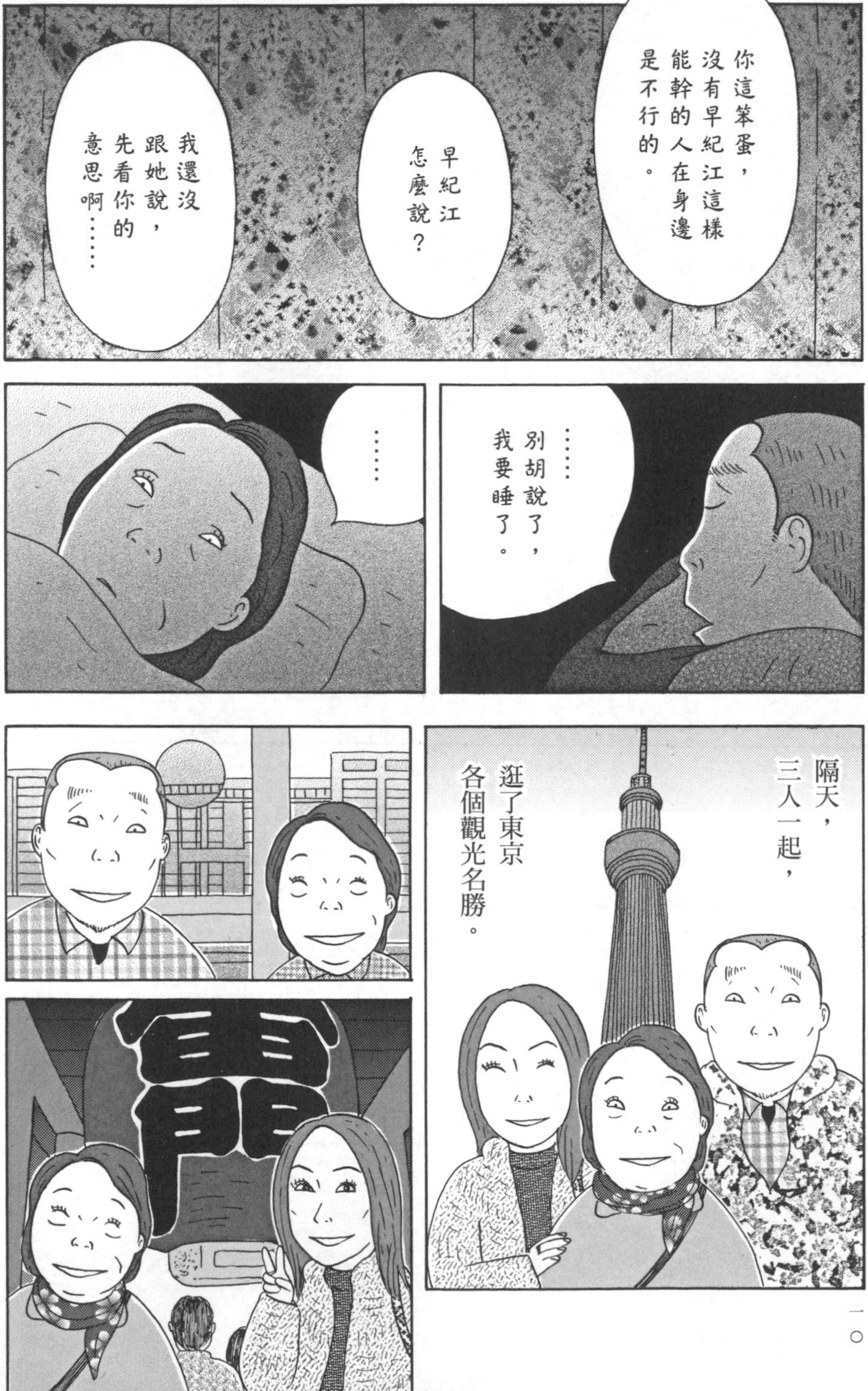
你這笨蛋，沒有早紀江這樣能幹的人在身邊是不行的。
早紀江怎麼說？
我還沒跟她說，先看你的意思啊……
……別胡說了，我要睡了。
……
隔天，三人一起，逛了東京各個觀光名勝。

那天晚上田中跟早紀江一起來，媽媽說要先回旅館睡覺。
早紀江，謝謝妳。
哪裡，讓你招待了。
小正……阿姨說了我的事了嗎？
咦？沒有。
阿姨說，想把店讓給我……但是我已經不想待在福岡了。
這樣啊…
我很想來東京。
小正，到時候就麻煩你了。
唔……嗯！

一個月後。
花園五番街
VOICE
BAR
早紀江要來東京了。
上次那個漂亮小姐嗎？真期待。
哎?!
……
她說要拋下一切，要我介紹她去演色情片……
田中，你喜歡早紀江吧？
咦，誰說的？
看你的樣子就知道啦。

要說喜歡，其實我一直都仰慕她，她從一開始就沒把我放在眼裡……
那你打算怎麼辦？她要你介紹色情片的工作呢！
我打算……介紹她演，然後自己當男主角……
這樣好嗎……
……
五天後，田中跟早紀江一起來了。他一直低著頭。
啤酒，久等了。

田中在早紀江的拍片現場挺不起來，趴在早紀江身上大哭。
這是招待，今天做的。
端出筑前煮時，早紀江的手機響了。
啊，阿姨。我很好。小正?!他在旁邊……我才是。
謝謝。嗯……
我知道了。哈哈哈……晚安。
小正，阿姨交代說，
要你把紅蘿蔔都吃完！
哈哈哈，沒錯！

第241夜◎芝麻醬涼麵

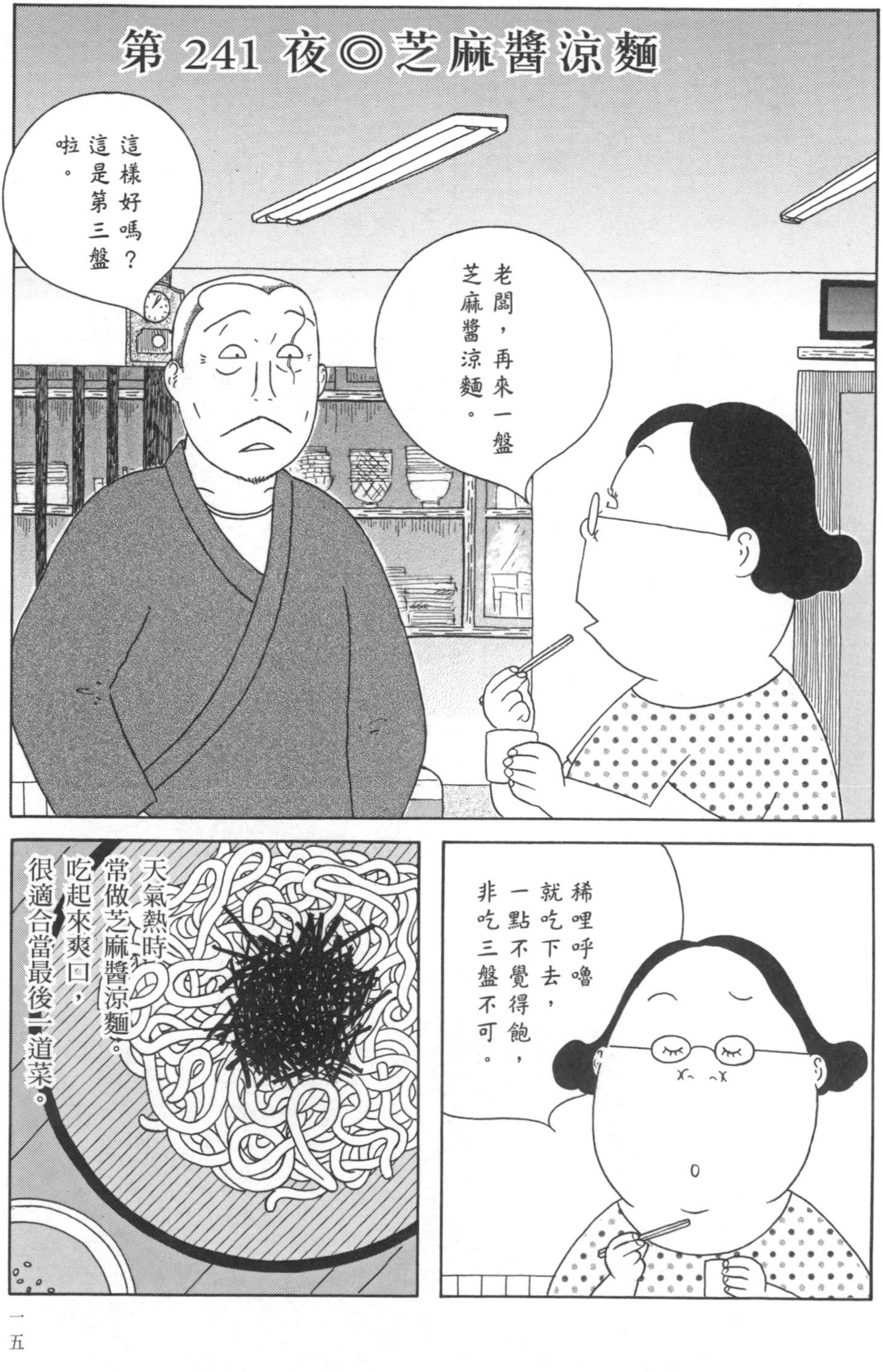

老闆，再來一盤芝麻醬涼麵。
這樣好嗎？這是第三盤啦。
稀哩呼嚕就吃下去，一點不覺得飽，非吃三盤不可。
天氣熱時，常做芝麻醬涼麵。吃起來爽口，很適合當最後一道菜。

嘶
嘶
嘶
開冷氣還有點早的時期，凌晨十二點開張時，我會打開外面的門。差不多一點以前，就會有第一次來店的客人進來。
開店了嗎？
啊，歡迎光臨。
沒什麼菜單，妳想吃什麼我能做就做。
哎……

嘶
嘶
嘶
嘶
我要跟她吃一樣的。
好。芝麻醬涼麵。
第一次看見咬斷涼麵吃的人。
對啊！慢慢嚼比較有飽的感覺……
真由美覺得有道理……

阿龍的小弟阿健一個人來了。
我要芝麻醬涼麵。
?!
啊!!
你們認識?
哎,嗯……可以坐這裡嗎?
請。
妳常來?

不，第一次。
這家店東西難吃，老闆臉臭，爛死了。
抱歉我臉臭啊！芝麻醬涼麵久等了。
我吃飽了，麻煩算帳。
嘶
嘶
嘶
阿健不到兩分鐘就把涼麵吃完，追著她離開了。
妳吃的我付啦。等一下我送妳。
めし
三週後——
這怎麼回事啊。
阿龍，阿健最近怎麼啦？

迷上了二丁目做泡泡浴的女人。通常喜歡的話上就是了，但別看那傢伙那副德性，他挺浪漫的呢！
阿龍他自己也是。
……
到現在還不時會吃紅香腸。那是他跟以前女友的回憶，也夠浪漫的。
隔天阿健來時我跟他說了——
大哥這麼說啊……比起身體，我比較想要心啊。而且身體在店裡已經得到了。
這時阿健收到簡訊。
開花了……是小茜。
快看我送她的仙人掌開花了！

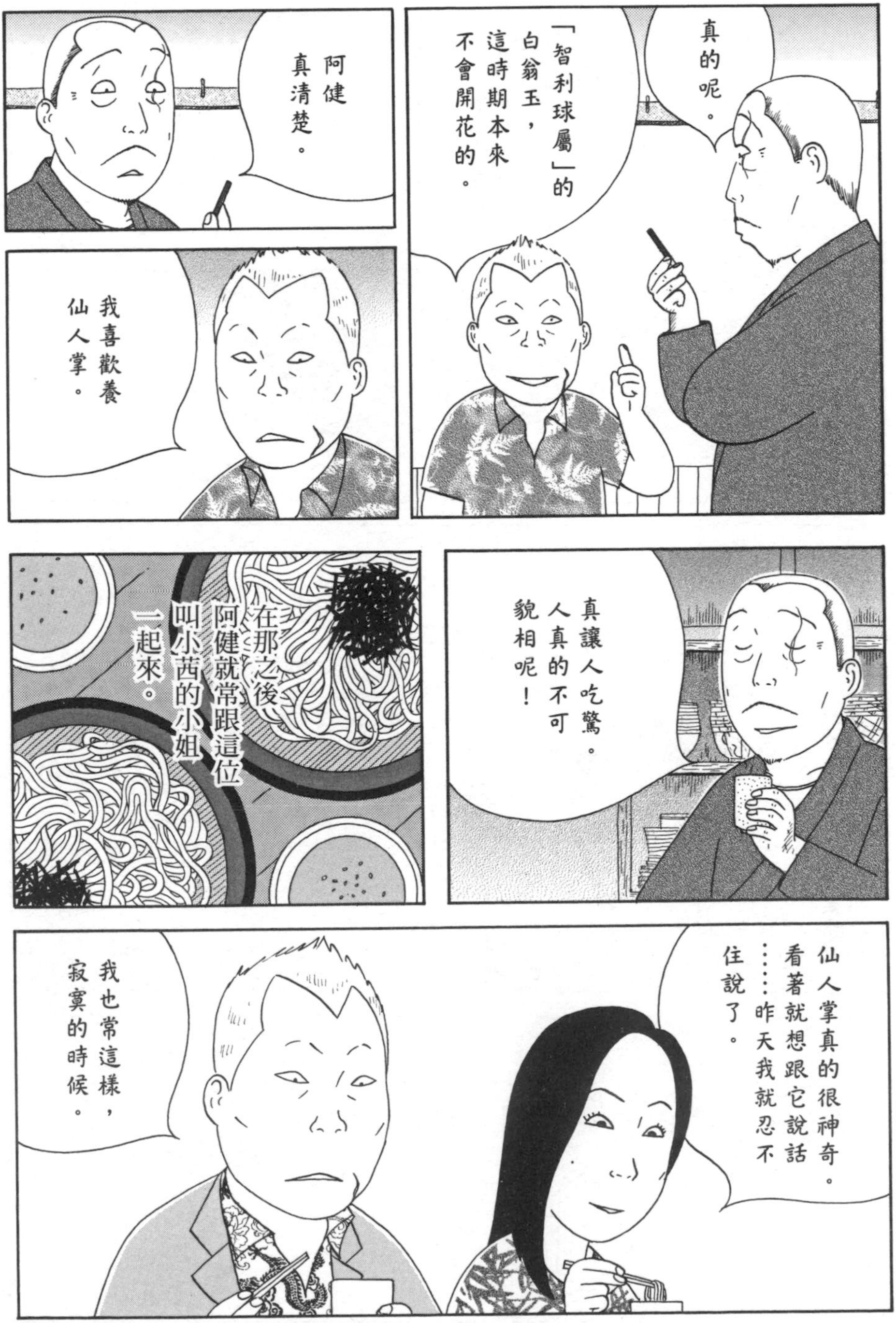
真的呢。
「智利球屬」的白翁玉，這時期本來不會開花的。
阿健真清楚。
我喜歡養仙人掌。
真讓人吃驚。人真的不可貌相呢！
在那之後，阿健就常跟這位叫小茜的小姐一起來。
仙人掌真的很神奇。看著就想跟它說話……昨天我就忍不住說了。
我也常這樣，寂寞的時候。

小茜……跟我一起住好嗎？
喏。
……
喀啦
小茜，終於找到妳了。
?!
你是怎樣！

喂，小茜，回來吧，我沒妳不行的。
我跟她正式離婚啦。跟我在一起吧！
……
小茜跟那個從廣島來的大山先生一起離開店裡。兩人氣勢有差，阿健無計可施。
隔天——
喀啦

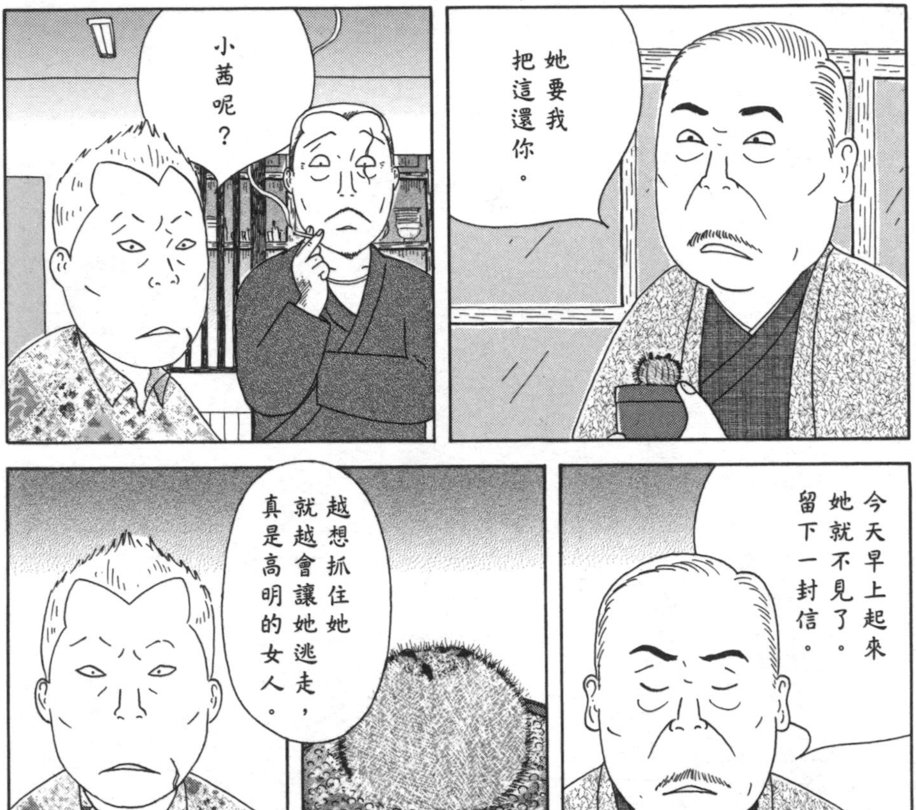
她要我把這還你。
小茜呢？
今天早上起來她就不見了。留下一封信。
越想抓住她就越會讓她逃走，真是高明的女人。
在那之後如何了？
嘶嘶嘶
兩人都默默地吃了涼麵之後走了。
嘶嘶嘶

第242夜◎生蛋秋葵蓋飯
燙熟切片的秋葵拌入蛋黃和醬油，然後放在熱熱的白飯上，撒上海苔絲。
久等了，生蛋秋葵蓋飯。
前田先生來店一定吃這道。

前田先生喜歡秋葵呢。
嗯。法國菜或懷石之類的高級料理也不錯，但我其實比較喜歡這種。
嗯！
前田先生是常光顧小壽壽桑店裡的媽媽桑的恩客。看起來是沒那麼有錢啦。
前田先生離開後——
喀
啦
剛出去的不是前田先生嗎?!
陪酒的拉拉和她的客人賀茂田先生來了。

嗯，是前田先生。拉拉認識？
看吧，那背影就是前田先生。看髮型就知道。
一看就記住呢。
的確很獨特。
不過啊，頭髮少的人都會想盡辦法，用目前的髮量遮掩一下。
啊，這點賀茂田先生就很自然，完全不像刻意。
前田先生是我們店裡佐奈的客人，他超可憐的。
是嗎?!嘻嘻。
……

佐奈從來沒有去過夏威夷耶，都跟不上朋友的話題。
小前～～佐奈真的好可憐吧?!
那下次一起去夏威夷吧？
哎，跟小前？
一起去當然好，但飯店不好我不要喔！
好啊，我訂佐奈想住的飯店。
哇♡，那也買新的泳裝給我吧？
嗯，好！

好高興！我可以帶朋友美優一起去吧?!
哎?!
後來呢？
前田先生也替美優買了泳裝……夏威夷也是三個人一起去的，佐奈很得意地說前田先生連一根手指都沒碰到她。
好過分。這樣看來我還好……
說什麼啊！
我什麼時候說要賀茂田先生帶我去夏威夷了?!
啊，沒有，抱歉抱歉。

兩天後
聽說賀茂田先生在拉拉身上花了不少錢啊。
最近前田先生偶爾會來。
這樣啊。在這裡不會被敲竹槓，很好啊。
那個人有點可憐，都快被榨乾了。
咦?!
阿前，我已經不想開賓士了。
?!

不是不久之前才幫妳換車的嗎？
我開膩了啊，有什麼辦法。開車兜風還是要跑車。
結果呢？
她在前田先生說要買給她之前，就一直對著他吐煙霧。
那個女人人品差呀。從前田先生身上榨來的錢，都花在牛郎那裡了。
哎。

前田先生做什麼工作？
聽說在上市公司的子公司上班，可能家裡有錢吧？
沒太太嗎？
離過一次婚，太太有了男人。
唔。
一個月後—
めし
喀啦
歡迎光臨。
喲！
一下子還沒會意過來是誰呢。

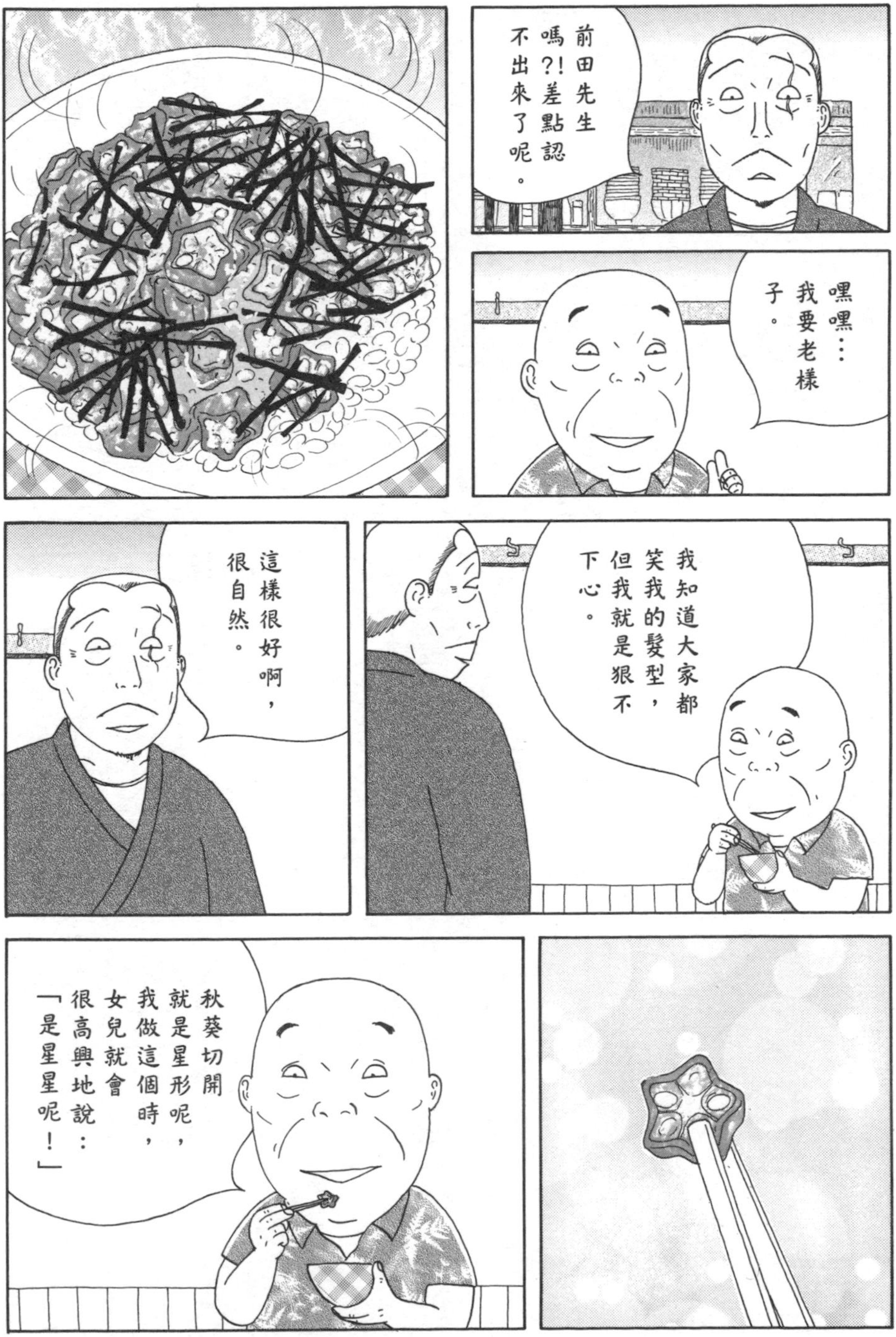
前田先生
嗎?!差點認
不出來了呢。
嘿嘿…
我要老樣
子。
我知道大家都
笑我的髮型，
但我就是狠不
下心。
這樣很好啊，
很自然。
秋葵切開
就是星形呢，
我做這個時，
女兒就會
很高興地說：
「是星星呢！」

前田先生有女兒啊？
嗯……出生時身體就不好。
四年前變成星星了。
那天前田先生的表情是前所未見的開朗。
隔天，前田先生因為六年來從公司盜用七億日圓而被逮捕了。
最初是因為籌不出女兒的醫藥費才貪污。女兒過世後，就花在女人跟賭博上面。
前田先生昨天是來吃最後一次的……

第 243 夜◎ 炸雞排咖哩

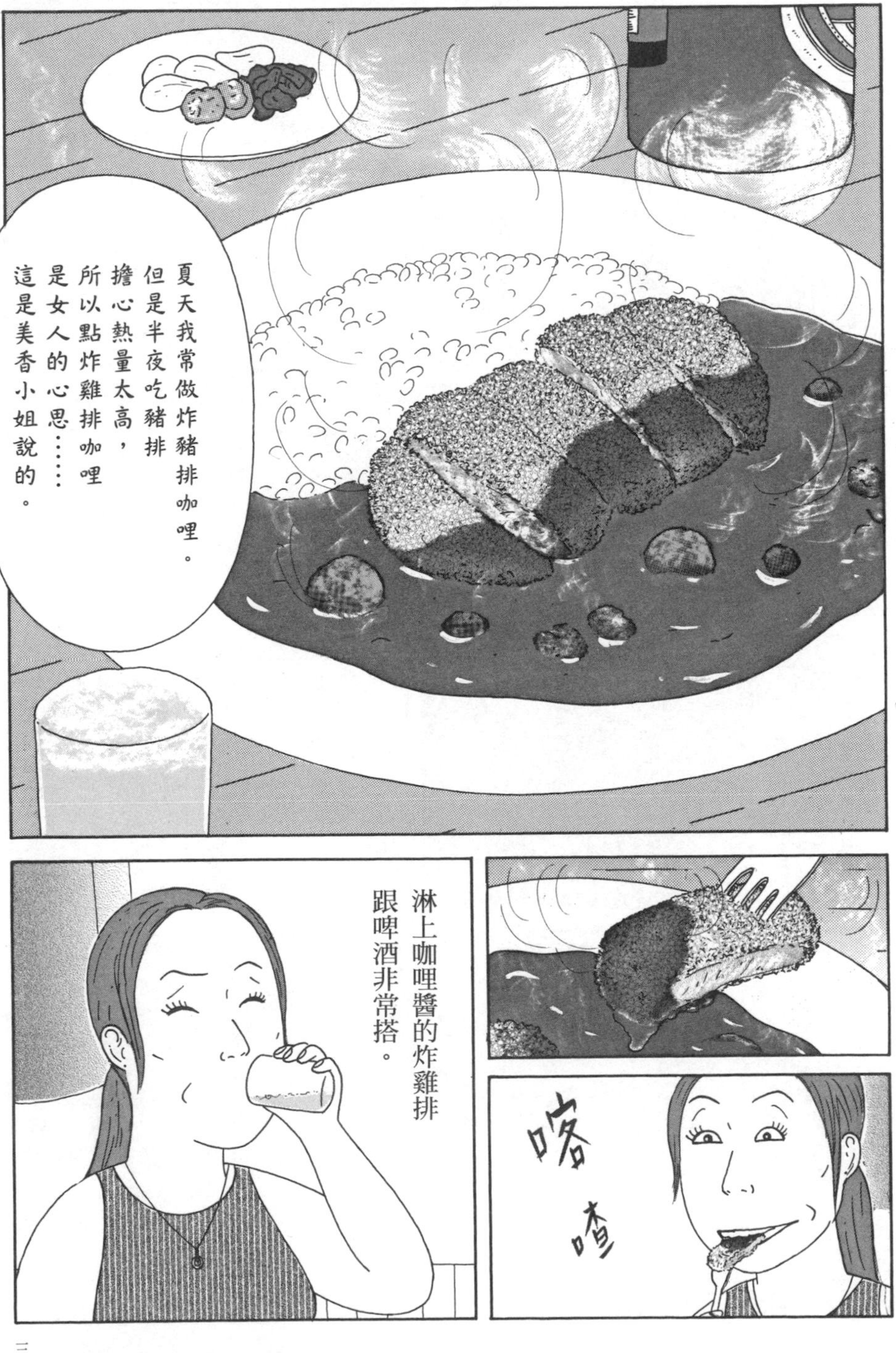
夏天我常做炸豬排咖哩。
但是半夜吃豬排
擔心熱量太高，
所以點炸雞排咖哩
是女人的心思……
這是美香小姐說的。
喀
嗟
淋上咖哩醬的炸雞排
跟啤酒非常搭。

呼～
美香小姐是
若宮刑警
以前的上司，
現在是警察學校的教官。
果然啤酒跟炸雞排咖哩最搭了。
是啊。
其實我也常這麼配。
是嗎？請。
你真上道。終於有人跟我和得來了。我說啤酒跟炸雞排很搭，大家都一臉「啥？」的表情。
若宮，謝謝你介紹這家好店給我。
不用客氣。

剛才的〈胡椒警部〉真是太完美啦。
身體都記得，真有意思。
哎，妳會「粉紅淑女」的歌啊。
美香小姐可厲害了。剛剛我們在KTV包廂……
胡椒警部
我們正要漸入佳境~
小美！
你的話語
就像注射

七〇年代末，像彗星一樣令人驚豔，百萬金曲連發的偶像歌手粉紅淑女。
那誇張的舞姿大家爭相模仿。〈胡椒警部〉是她們的出道曲。
還有〈S.O.S〉、〈卡門七七〉、〈海邊的辛巴達〉、〈Wanted〉。
還有……
UFO♪
小學園遊會上表演過呢。不知惠子現在怎麼樣了呢？

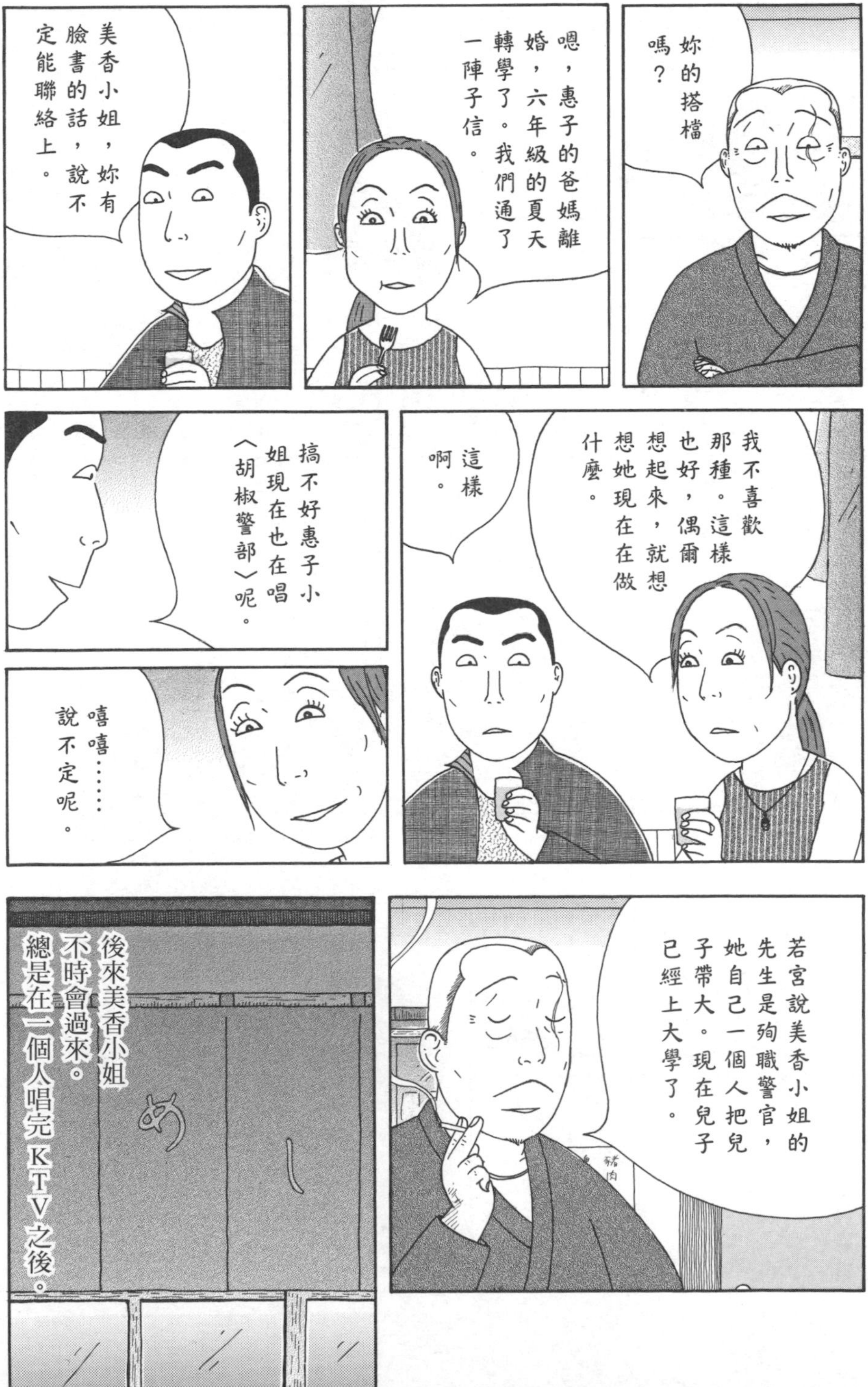
妳的搭檔嗎？
嗯，惠子的爸媽離婚，六年級的夏天轉學了。我們通了一陣子信。
美香小姐，妳有臉書的話，說不定能聯絡上。
我不喜歡那種。這樣也好，偶爾想起來，就想想她現在在做什麼。
這樣啊。
搞不好惠子小姐現在也在唱〈胡椒警部〉呢。
嘻嘻……說不定呢。
若宮說美香小姐的先生是殉職警官，她自己一個人把兒子帶大。現在兒子已經上大學了。
後來美香小姐不時會過來。總是在一個人唱完KTV之後。
めし

炸雞排咖哩久等了。
嘻嘻……就是這個。
我開動了。
美香小姐今天好像心情很好。
看得出來？我兒子通過了警視廳的複試。
恭喜。
謝謝。老公殉職的時候，那孩子才小學三年級。他說想當警察的時候我反對，但現在還是開心。
他一直望著父母的背影啊。
嗯……

一週後
めし
那天美香小姐
跟前一週完全不一樣，
非常沮喪。
我兒子的女友懷孕了。
?!
你打算怎麼辦？
結婚……我本來就打算結婚。
……

你是認真的嗎？
嗯。
他女友是做什麼的？
聽說在上護理學校……也是單親媽媽帶大的，對方母親也是護士。
這個星期日他們母子要去對方家裡拜訪。不知情況如何。
Lady
大家好。
喀啦
歡迎光臨。

原來
兒子女友的母親，
就是以前跟美香小姐
一起唱粉紅淑女的惠子。
我們一起
把孩子
帶大吧。
嗯，我們
的孫子
呢。
老闆，
炸雞排
咖哩。
我也要。
好！
炸雞排咖哩
久等了。
小美
還記得嗎？
哎?!

我們在家裡練完舞之後，常常吃這個炸雞排咖哩。
啊，我想起來了！小惠的媽媽做的。
難怪每次唱完粉紅淑女，我就想吃炸雞排咖哩了。
反射動作呢，嘻嘻。
所以妳們剛剛唱完粉紅淑女？
當然！四十年沒有一起唱啦！
UFO
她們跟孩子說要在婚宴上表演〈UFO〉，結果大家都反對。

第244夜◎極辣麻婆茄子

右田先生是中學老師，左山先生是熟女酒吧的店長。兩人外表跟職業都完全不一樣，但從中學時代就是好友。
極辣麻婆茄子，久等了。

好辣!!
夏天就要吃這個!!
兩人都已離婚，現在單身，非常意氣相投。
對了，裕太怎麼樣啊？
非常認真的好孩子。跟你完全不一樣。
右田先生認識左山先生的兒子嗎？
今年春天我調到練馬區的國中，結果當上他的班導。
哎。
因為姓氏不同起先沒認出來……家長面談時碰到他前妻才知道。

我跟老婆離婚時，裕太才小學二年級。已經……六年沒見了。
贍養費有給嗎？
她說不用，我還是有送去。
是你自作自受，搞什麼婚外情，
還對前妻說：「真是我的孩子嗎？」
因為……跟我一點也不像啊。
這時右田先生的手機響了。
我是右田。哎?!好……我去，我剛好在新宿。
你前妻打來。說裕太……好像在歌舞伎町的派出所。
啥?!

左山先生的前妻接到歌舞伎町派出所的電話，但她在當班無法過去，所以打電話給導師右田。
我去一下，你在這裡等我。
我也去。
不用了，你去了更添麻煩。
只有這時候才擺老爸的架子算什麼。
說什麼啊！我是他爸爸耶！
左山，你就留在這裡。我會把裕太帶來。
這麼一說就沒辦法了。左山先生默默地留在店裡。

老闆，我見到兒子要跟他說什麼好？
這……
喀啦
左山，我帶裕太來了。
裕太啊……
……
長大了啊！都認不出來了。老二的毛長了嗎？

六年沒見，說什麼啊，笨蛋。
啊，對不起。坐吧。
咕嚕～～
裕太，肚子餓了嗎？想吃什麼就點，這裡什麼都能做。
那我要……麻婆茄子。
麻婆茄子?!普通的？也有辣的喔。

你喜歡吃辣?!老闆，極辣麻婆茄子，飯要大碗，好嗎？
我要極辣。
嗯。
好。
還不就暑假時的加強巡邏，他和朋友一起來，被警察管束了。
其他人呢？
大家都逃了，只有裕太被抓到。

極辣麻婆茄子，久等了。
來，吃吧。
我開動了。
警察問裕太逃走的朋友叫什麼名字，他怎麼也不肯說。
這樣啊。哈哈……
跟你很像啊。
?!
國中放暑假時，我們來澀谷，半夜在中央街被抓了。
啊，是有這事。

我跟有田、橋本、酒井都逃了，只有你被抓。那個時候你到最後都沒說出我們的名字。
是這樣嗎？
我一直等到早上，你媽媽跟你從派出所走出來。
我當時丟下你自己逃走很後悔，想跟你道歉。
真是，你太蠢了啦。
左山！
右田……
然後你在我道歉前……

右田，謝謝你等我。
這傢伙，雖然很笨，很多方面都不行，但我那個時候就下定決心。
這種事，你記得真清楚嘛。
要跟左山當一輩子的朋友。
我覺得這並不是對左山說的，是說給裕太聽的。
那天三個人睡在左山的公寓。之後左山先生偶爾會跟裕太一起來吃麻婆茄子。
似乎是右田先生說服了裕太的媽媽，讓他們見面。
順便一提，她不吃辣。

第245夜◎冷肉片沙拉

玲子小姐今天跟貴婦團去看歌舞伎，然後連喝了兩攤還覺得不夠，就到店裡來了。這種時候她一定會叫……
抱歉，抱歉。
土屋先生。
喀啦
歡迎光臨。
好慢喔，阿土。

冷肉片沙拉久等了。
青菜多一點。
我知道。
他們是從大學就認識起的酒友。
來，公主。
玲子小姐舊姓是姬[1]井，以前就被人叫做公主。看著這兩人就像是公主跟隨從。
阿土整年都吃冷肉片沙拉呢！
因為我怕熱。
我看你這德性就熱了，都要五十了還沒女朋友。
對啦！
這兩人總是這樣。

1 日文的「姬」就是「公主」的意思。

玲子小姐的先生被公司派到海外，女兒到京都念大學了。玲子小姐說自己在做口譯。土屋先生好像是哪裡的公務員，總是很晚下班。
阿土，達郎的票買到了嗎？
嗯，位子不錯喔！票我今天沒帶來，我們當天約個地方會合吧。
嗯…你一定不來自己一人的聖誕夜啊……
後來公主真的「沒來」。
我已經道歉好多次了，煩不煩啊你。
發生什麼事了？
真是。

大學時我在東京車站月台上等了公主四小時，結果被放鴿子。
老闆，你聽我說，我跟當時的男友去京都旅行，兩人吵了架，就打電話給阿土說我要回東京，跟他約會。
喔，然後呢？
後來我跟男友和好。我打了電話給阿土，但他已經離開家沒法聯絡。那時還沒有手機。
所以你就等了四小時?!
那天剛好是聖誕夜……
Silent night,
Holy night……

土屋先生在月台上等，沒法拍成廣告2啊。
就是，非深津繪里不可。
不好意思，後來聽說時我笑了。哈哈……
太過分了，玲子小姐……
一個月後——
今天一個人嗎？
嗯…本來要去聽達郎的演唱會。
玲子小姐呢？
先生從國外回來，他們倆去約會了。
什麼啊?!土屋先生願意跟那種任性的女生往來。你喜歡她？

2 一九八八年JR東海地區的廣告由深津繪里演出「在月台苦等戀人」，大受好評。配樂是山下達郎的〈聖誕夜〉，從此成為聖誕歌曲代表。

嗯，以前喜歡，現在很難說，大家都說公主不是任性……
是在撒嬌呢，跟我撒嬌。
是這樣嗎……
兩個月後——
抱歉，抱歉。
歡迎光臨。
慢死了，阿土。要我等多久啊！
真抱歉，我剛送女友回去。
?!
哎?!

你交女朋友了？怎麼都沒聽說。
上次公主沒去達郎演唱會，多一張票很可惜，我就邀了辦公室的女生……
哼，就跟人家好上啦！沒告訴我……那個女生幾歲？
三十一歲吧，她是臨時雇員。
老闆，我要冷肉片沙拉。
好。
你不是被騙了吧，有照片嗎？給我看看。
有是有……

哪來的恐龍妹！
她對我來說正合適吧。
今天多給我一點肉片。
是，公主。
喀喳喀喳
那一晚玲子小姐的心情一直很差。

後來玲子小姐偶爾也叫土屋先生過來喝酒，但看起來總是心情不好。
半年後——
めし
我們不辦婚宴，但想請親友一起吃飯。公主會來吧？
公主……
來，冷肉片沙拉，久等了。
為什麼……要結婚啊！無聊死了……
跟她在一起我很輕鬆。

她很細心，也都替我挾飯菜。
什麼啊！這我也可以啊，拿來給我!!
搞什麼，這種小事……
嗚……
玲子小姐就這樣大哭起來。
嗚哇啊啊啊！
女人心……真是海底針。

第246夜◎鮪魚脆餅

天氣預報也夠害人的了。
「今晚開始到清晨會下大雨，早點回家比較好。」
這麼一來我就沒客人啦。
雖說要下雨——
豬肉味噌湯定食 六百圓
啤酒（大） 六百圓
日本酒（兩合）
四百圓
但也有不準的時候。
喀啦
歡迎光臨。
抱歉。

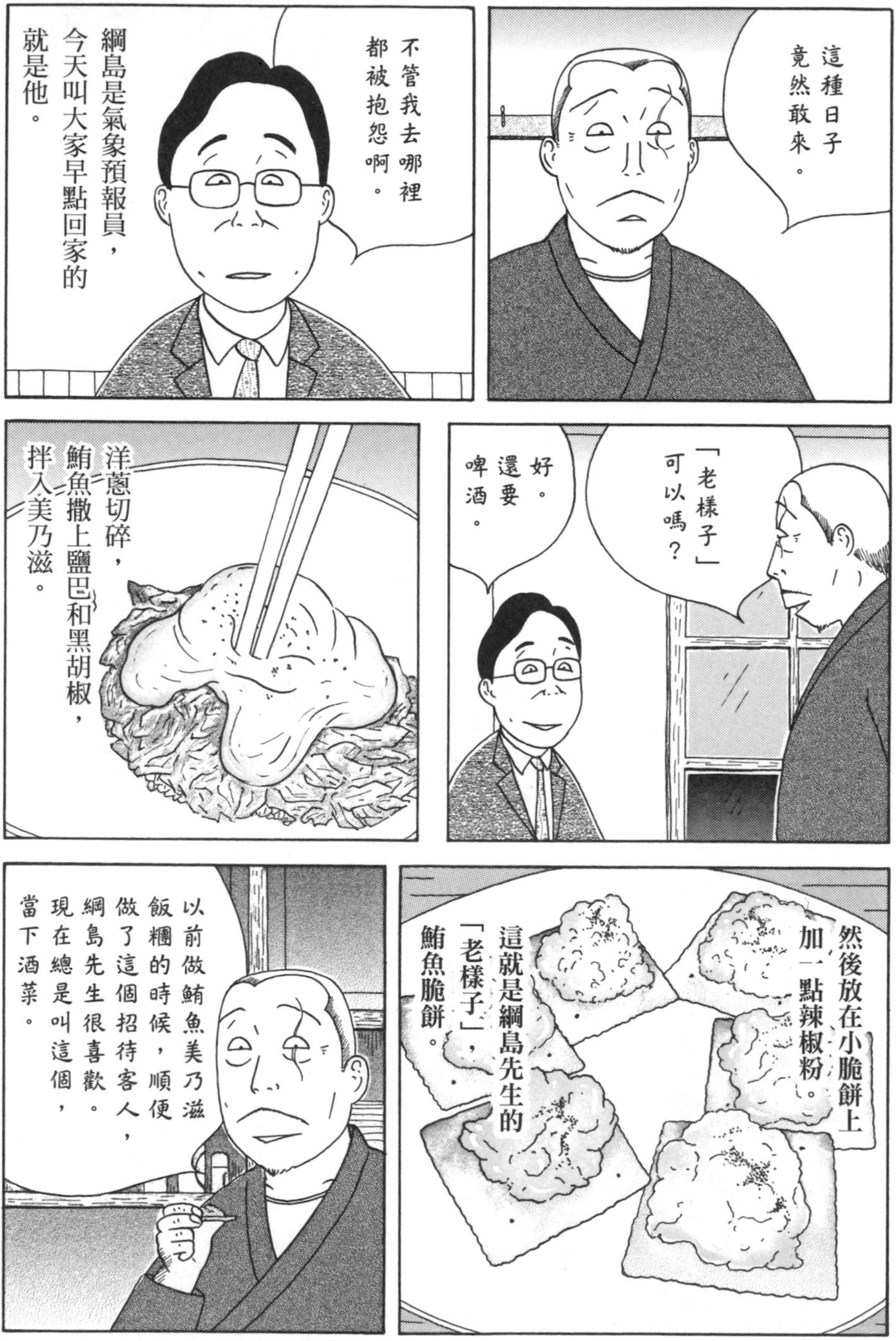
這種日子竟然敢來。
不管我去哪裡都被抱怨啊。
綱島是氣象預報員，今天叫大家早點回家的就是他。
「老樣子」可以嗎？
好。還要啤酒。
洋蔥切碎，鮪魚撒上鹽巴和黑胡椒，拌入美乃滋。
然後放在小脆餅上加一點辣椒粉。
這就是綱島先生的「老樣子」，鮪魚脆餅。
以前做鮪魚美乃滋飯糰的時候，順便做了這個招待客人，綱島先生很喜歡。現在總是叫這個，當下酒菜。

大家好。
?!
你在這裡幹什麼啊。
就是啊！雨只下了一下子啊。
客人都不來，你要怎麼賠我們！
對……對不起。
好啦好啦，你們三個今天已經一起喝過酒了嗎？
豬肉味噌湯定食 六百圓
啤酒（大） 六百圓
日本酒（兩合） 五百圓
燒酒（一杯） 四百圓
每位客人限點三杯酒

我想說颱風不會有客人，就沒開店，到小壽壽桑那裡去喝酒了。
啊，綱島先生在吃什麼？
鮪魚脆餅。請用。
啊，可以嗎?!
開動了——。
哎喲！
啪喳
不錯呢，這個！
好吃。

長期預報也都不準啊。
哎喲。
綱島先生請客喔?!
綱島先生一邊被三個人吐槽一邊喝酒，好像很開心。
隔天的電視——
綱島先生，昨晚東京沒有下雨呢。
對不起。昨晚我在新宿的店裡還被媽媽桑們罵了。
我看電視，你又被吐槽了。
哎喲，真丟臉。
我不管準不準，只要綱島先生說早點回家的時候，我反而不回家，去酒店晃晃。
喔。

小姐們看到我都很高興。因為其他客人都不來。
哎，這樣啊……
氣象預報原來有各種解讀，
下一個颱風來時——
大家好。
歡迎光臨。
綱島先生動作真快。
鮪魚脆餅，久等了。
好吃！
是吧?!

這位美月小姐
好像是綱島先生的粉絲。
預報不準，被主播吐槽時「縮成一團」的綱島先生好可愛……
這樣啊。
好像我小時候養的雪貂。
雪貂？
是鼬鼠的一種。哈……
粉絲也是千百種啊。
雨變小之後——
兩人共撐一把傘回去了。
在那之後綱島先生就開始到美月小姐的店裡去跟她約會了。
本田

約會好像都是去看賽艇。
美月很懂賭博的訣竅，常常中獎。不知道是不是因為這樣……
最近網島的天氣預報挺準耶。
是啊。
所以看電視好無聊。
雖然有人背後說閒話，但他們交往很順利，在店裡也很甜蜜……
有一天——
めし

美月好像有個在搞樂團的男友，綱島先生聽美月說過。
豬肉味噌湯定食 六百圓
啤酒（大） 六百圓
日本酒（兩合） 五百圓
燒酒（一杯） 四百圓
每位客人限點三杯酒
美月一直要跟那人分手，但始終沒有成功。今天第一次三人談判，結果吵起來……
那美月呢？
她說她會自己解決，雖然不知道什麼時候，但叫我等她聯絡……
一個半月後美月跟他聯絡了。
他到了飯店，
那個男友也來了。

我懷孕了……請跟我結婚。
真的嗎？是我的？
好……結婚吧。
於是兩人當天就結婚了。
跟小自己二十六歲的太太結婚，在節目上也被取笑。
發現懷孕後，美月就想了這個辦法。因為她深信最後一定是這個結果。那孩子的爸爸到底是誰？
這是一年後的照片。

深夜2時

第 247 夜◎酒盜

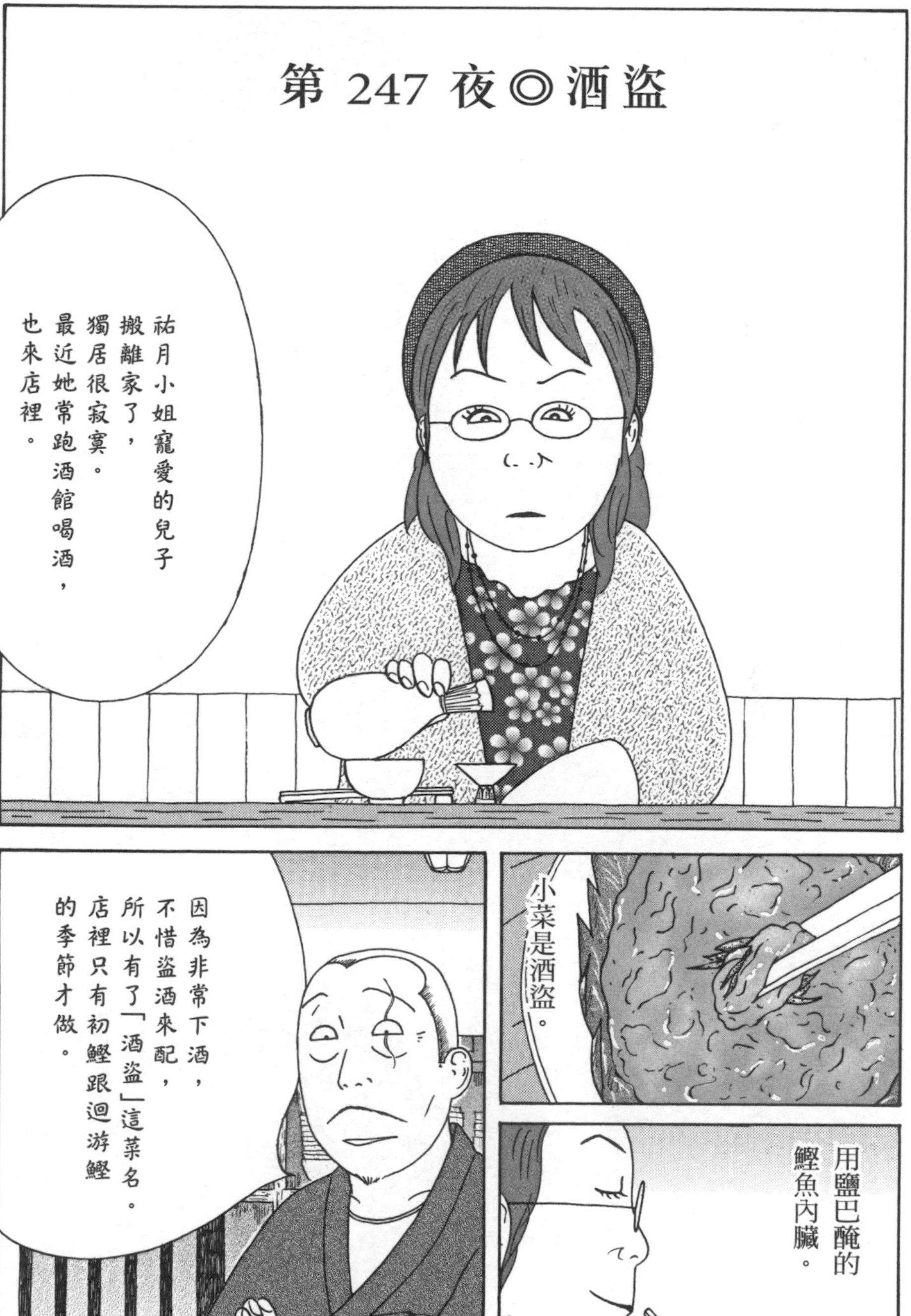
祐月小姐寵愛的兒子搬離家了，獨居很寂寞。最近她常跑酒館喝酒，也來店裡。
小菜是酒盜。
用鹽巴醃的鰹魚內臟。
因為非常下酒，不惜盜酒來配，所以有了「酒盜」這菜名。店裡只有初鰹跟迴游鰹的季節才做。

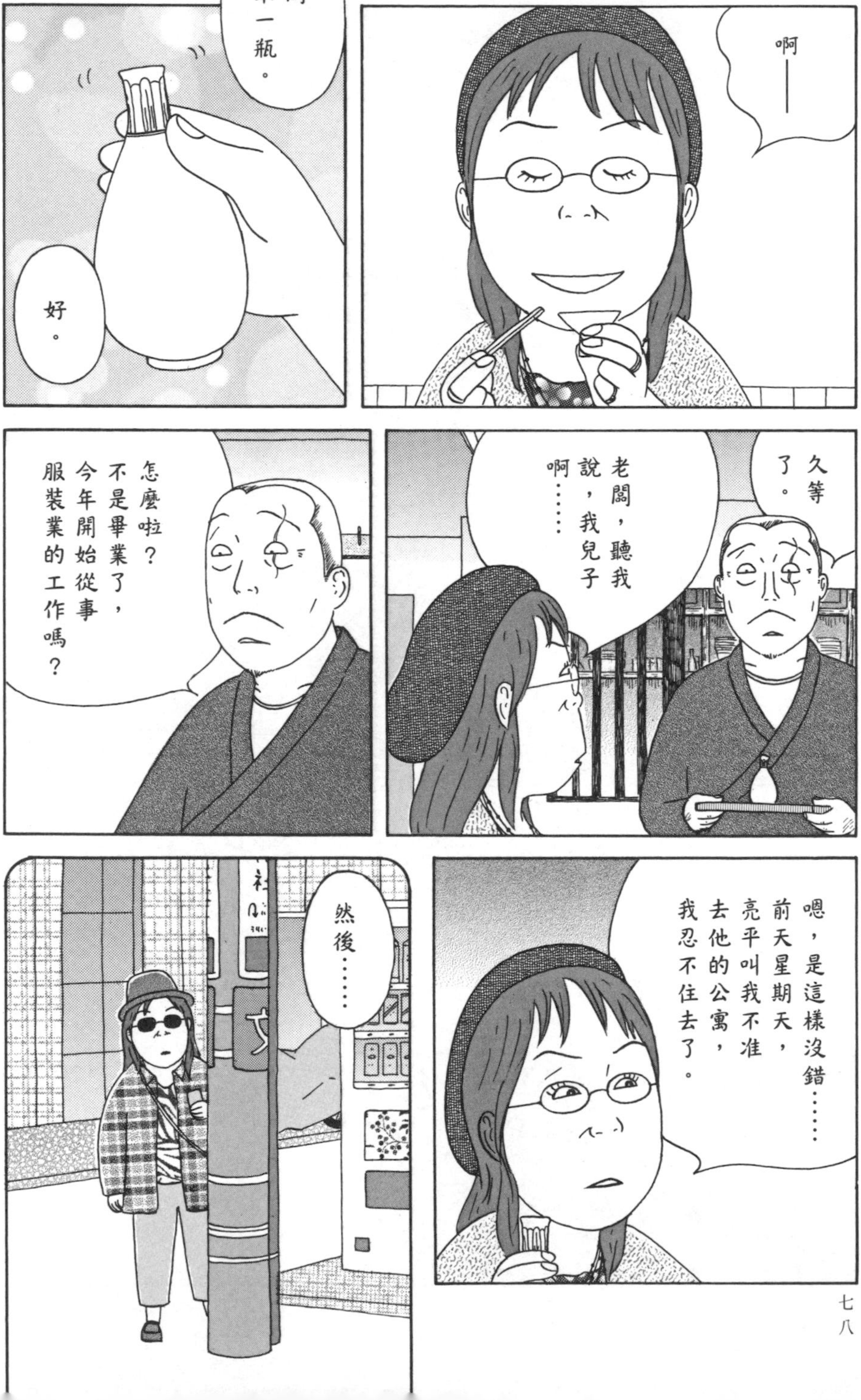
啊——
老闆再來一瓶。
好。
久等了。
老闆，聽我說，我兒子啊……
怎麼啦？不是畢業了，今年開始從事服裝業的工作嗎？
嗯，是這樣沒錯……前天星期天，亮平叫我不准去他的公寓，我忍不住去了。
然後……

?!
亮平用可怕的眼神瞪著我，我就立刻逃回來了……那孩子在陽台晾女人的內衣呢。
哎，很厲害嘛。
開什麼玩笑。在家裡不管我怎麼說他什麼事都不做啊。
祐月明明對老公很嚴厲，卻一直很寵亮平啊。

有什麼辦法，亮平是我懷胎十月生下來的啊！小壽壽桑是不會明白的啦。
嗯嗯 知道啦，說的也是啦。
祐月小姐五年前把出軌的老公趕出去了……
三天後——
めし
喏，你在聽嗎？亮平跟女人同居呢！
啊。
嘶 嘶 嘶
這就是被趕出家門的前夫。現在在同一家廣告代理公司上班，只不過不同樓層。最近偶爾會一起來。
♫
他不會喝酒卻很喜歡下酒菜。

你都不擔心嗎？
他還年輕，男人不就這樣嗎？
說什麼啊?! 那女人讓男人洗自己的內褲耶，絕對不是什麼好貨。
老闆，再來一瓶。
好。
你跟亮平說一說吧，你是他爸爸。
哎——?!
一週後——
SuSan

結果呢？
那個女人比他大六歲，是髮型設計師，他們交往兩年了。
在哪認識的？
說是聯誼。
嘶
嘶
嘶
這樣啊……那洗內衣呢？
煮飯洗衣是亮平，女友負責清掃。租金是女友付的。
吃軟飯?!
她年紀大賺的錢也比較多。

然後呢，亮平給我看了她的照片。跟年輕時的祐月有點像呢！
哎?!
那個時候的祐月好可愛啊……
什麼啊!! 意思是現在就很糟嗎?!
不過祐月小姐就因為這樣稍微高興了一點。前夫這招厲害啊……
三週後。
めしや
亮平回家了。被女朋友趕了出來。
哎喲，那很好啊。
哎。

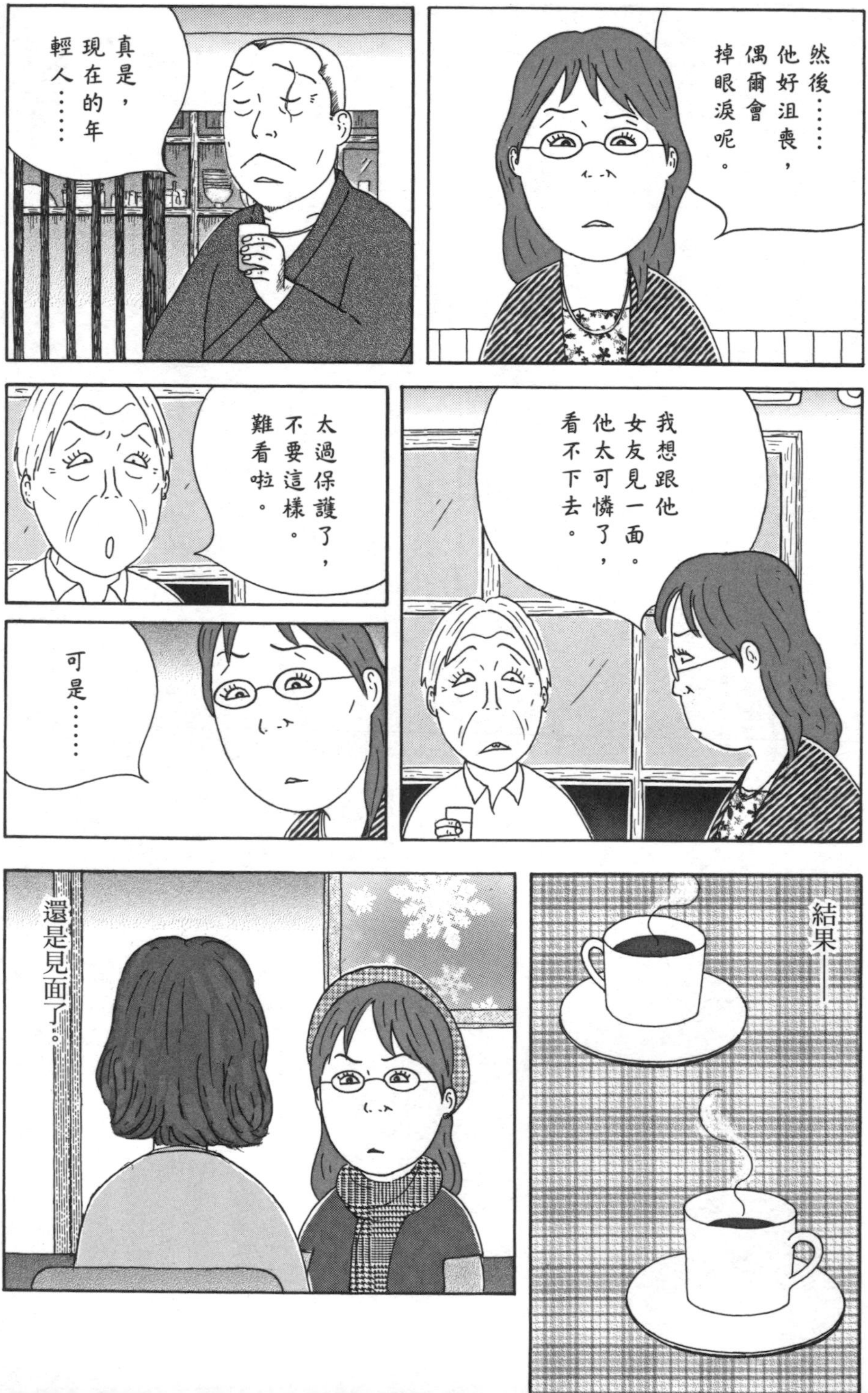
然後……他好沮喪，偶爾會掉眼淚呢。
真是，現在的年輕人……
我想跟他女友見一面。他太可憐了，看不下去。
太過保護了，不要這樣。難看啦。
可是……
結果——
還是見面了。

雖然很體貼但總覺得還是不夠……老是嫌東嫌西的，東西也亂放不歸位。
對不起。
雖然亮平被說成那樣，但我卻無法生氣。因為那都是我一直跟他說的話……
嗯。
而且他不會喝酒……很無趣。
我明白。
喝完了。老闆，再來一壺。
好。

這是招待。
酒盜，今年這是最後的了。
這樣啊……
迴游鰹魚季也結束了……
老闆，我家亮平跟老公都回來了。
哎?!
他們因為商量兒子的事，就重修舊好了。
呼～
現在跟以前一樣，一家三口住一起。

第248夜◎煮芋頭
芋頭正好吃呢。
這個季節東北地方
會在河邊舉行煮芋頭大會。
煮芋頭隨著地區不同
調味和搭配的食材也不一樣。
店裡是加牛肉和醬油。
本週限定
煮芋頭
五百圓
煮芋頭啊，
真好，
我也要。
好。

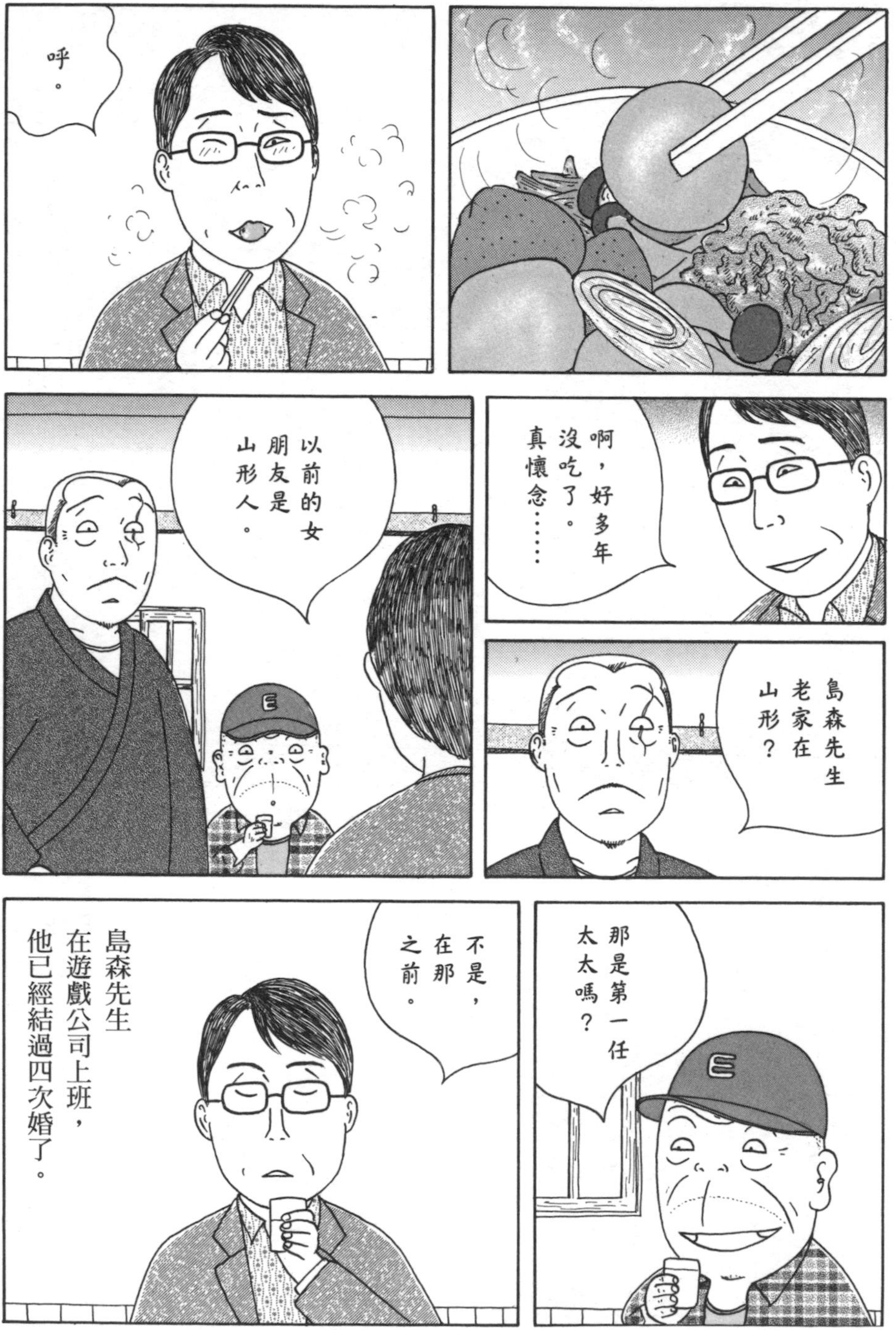
呼。
啊，好多年沒吃了。真懷念……
以前的女朋友是山形人。
島森先生老家在山形？
那是第一任太太嗎？
不是，在那之前。
島森先生在遊戲公司上班，他已經結過四次婚了。

這次娶了西班牙人，每天都做西班牙菜。
你每天到底都吃什麼啊？
嗯。芋頭煮好了嗎?!
喀啦
我已先跟常客們預告，他們都很期待
呼
呼
呼
呼
啾♪
♪
真的吃得好香。

老闆，我也要煮芋頭。
我要再來一份，大碗。
好。
吃完兩份煮芋頭，喝了三瓶酒，真由美說了——
老闆，給我咖哩烏龍麵收尾。
用煮芋頭的湯汁做的咖哩烏龍麵非常好吃。
嘶
嘶
嘶
島森先生看見也忍不住了。
我要咖哩烏龍麵。

嗯，這個果然好。
隔天。
めし
來，俊介先生。
謝謝。
……
還好嗎？
燙

歡迎光臨。
喀
啦
煮芋頭湯汁做的咖哩烏龍麵真讓人難忘。
現在直接吃咖哩烏龍麵嗎？
不，當然先吃煮芋頭，還要冷的日本酒。
好。
可以做咖哩烏龍麵嗎？
嗯。
那我要一碗咖哩烏龍麵。
好。
……

最後一道吃這個剛好。
嗯。
……
兩人離開後——
那兩個人有問題啊。
女生大一輪吧，最近他們常來。
男的是大學生，女的是人妻。私奔的吧。
哎?!
女生有一個孩子，跟年紀大很多的先生和婆婆一起住。跟婆婆關係不好。他們是在山形市內打工的地方認識的……

島森先生認識那兩個人嗎？
不，今天第一次遇見……但我就是知道，因為二十四年前我也私奔了。
山形的女人。
嗯……我二十一歲，她三十六歲。
那時還沒有新幹線，到東京坐了好久的車……
你跟那女生後來怎麼了？
到東京半年後分手了……
我太幼稚了……
……

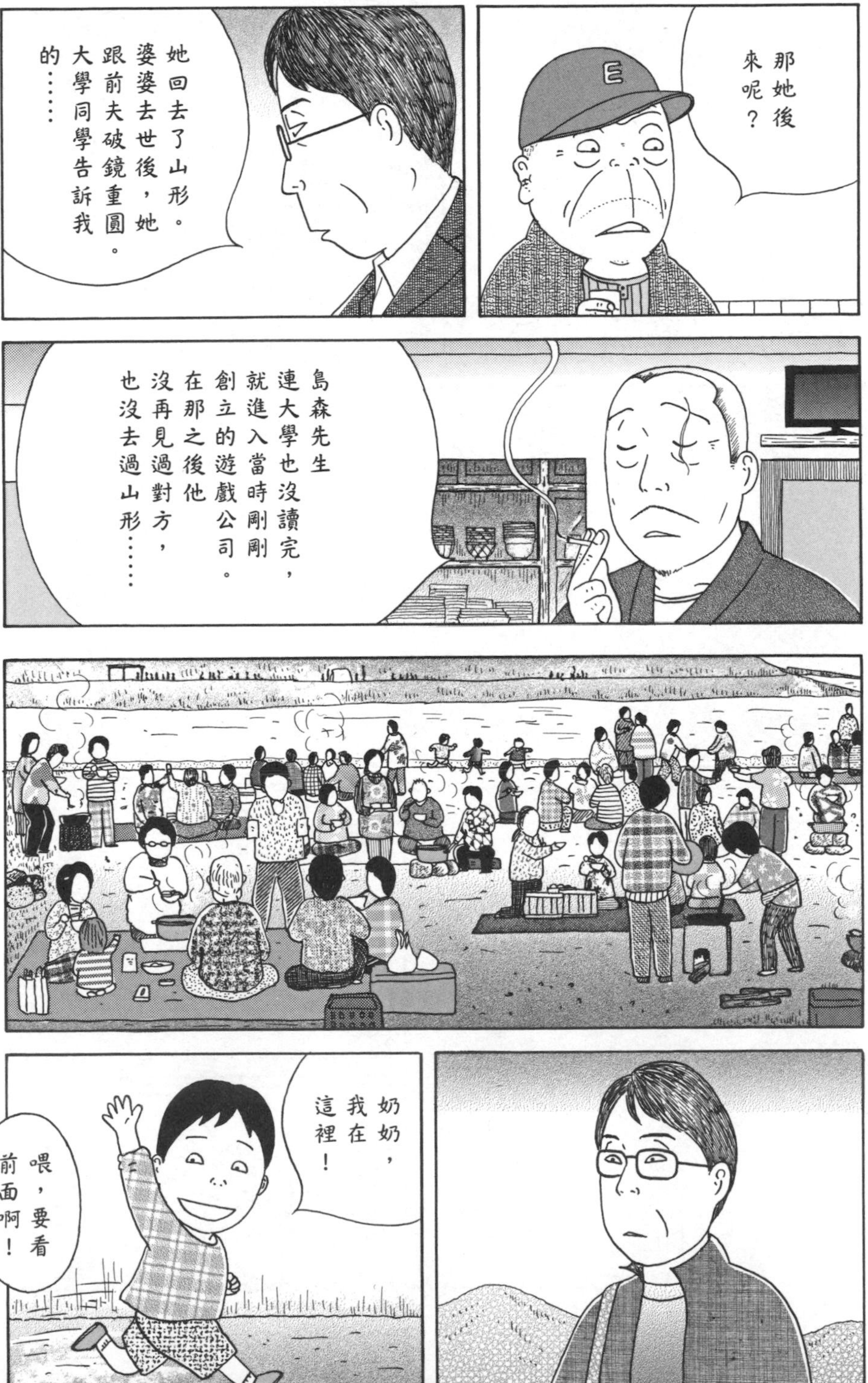
那她後來呢？
她回去了山形。婆婆去世後，她跟前夫破鏡重圓。大學同學告訴我的……
島森先生連大學也沒讀完，就進入當時剛剛創立的遊戲公司。在那之後他沒再見過對方，也沒去過山形……
奶奶，我在這裡！
喂，要看前面啊！

砰咚
啊，對不起。
翔太，沒事吧？
?!
她只點點頭示意，裝作沒事一樣，繼續跟孫子在河邊跑……
老闆給我煮芋頭。
唔。
抱歉，煮芋頭只賣到昨天。

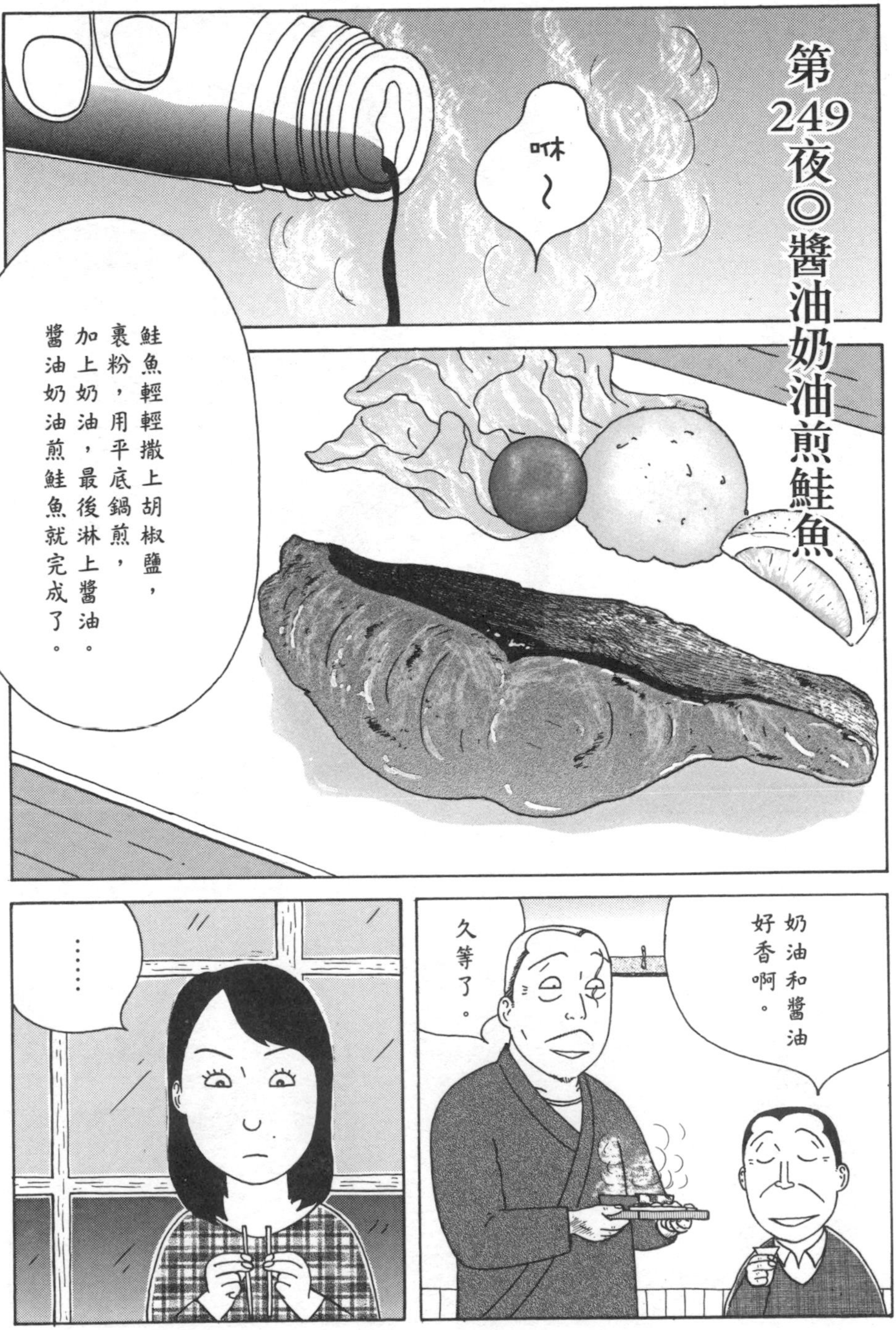
第249夜◎醬油奶油煎鮭魚
咻~
鮭魚輕輕撒上胡椒鹽，裹粉，用平底鍋煎，加上奶油，最後淋上醬油。醬油奶油煎鮭魚就完成了。
奶油和醬油好香啊。
久等了。
……

!
鹽烤鮭魚是不錯，但奶油醬油也非常下飯。
翔子總是點這個。
她是個美人，但冷淡寡言。
今天有什麼好事嗎？
今天沒有平常那麼臭臉。
咦，怎麼說？
是嗎……

老闆看落語嗎？
看喔。這位就是落語家圓畫老師。
這樣啊。那您知道櫻家風太嗎？
櫻家風太啊……那個輕浮的帥哥？
嗯是我小時候的玩伴。
翔子是牙科護士，升上二目[3]的風太來看牙醫，他們相隔十五年再見面了。
末廣亭晚場的開場，每天都不一樣，妳去看看吧！

3 落語家分三個等級，由低到高分別為：「前座」、「二目」、「真打」。

末広亭
去過末廣亭了嗎？
嗯。
童年玩伴的落語怎樣啊？

很無聊。
めし
上次在這裡遇到的那個不說話的孩子，叫翔子？
嗯。
那孩子成為話題了。只要風太上場她就會來，但是從來不笑。
這樣啊……
一つ

哇哈哈哈。
哈哈哈。
嘻嘻嘻嘻……
噗。
哇哈哈哈。
啊哈哈哈……
哈哈哈。
啊哈哈。
……
牧野牙科
翔子從來都不笑呢。
……

我的落語很無聊嗎？
也……不是啦。
來，嘴張開。
聽說最近妳常去看落語？
嗯。
圓畫大師說了，妳從來不笑，在後台出名啦。
我平常就這樣啊。
老闆，給我一點白飯。
好……
過了立春，圓畫大師把翔子的兒時玩伴風太帶來了。
Boy's
Bar 川端
0.5
but

翔子還是跟以前一樣，說並不無聊，但也沒笑。
那孩子以前就是那樣嗎？
嗯……幾乎從來不笑的。
……
翔子跟媽媽住在風太家隔壁，小學五年級時媽媽去世了，她被高崎的伯母收留。那位伯母多年前也死了。這是風太的媽媽說的。
住隔壁的時候，我們的媽媽交情好，翔子媽媽上晚班時，她就在我們家一起吃晚飯……
對了，翔子很喜歡醬油奶油煎鮭魚。

沙
香味從廚房飄過來，
翔子的鼻子就會抽動，看起來很開心。
翔子在店裡也都點醬油奶油煎鮭魚。她偶爾會來。
哎？翔子會來?!
要點「醬油奶油煎鮭魚」嗎？
對，麻煩了！

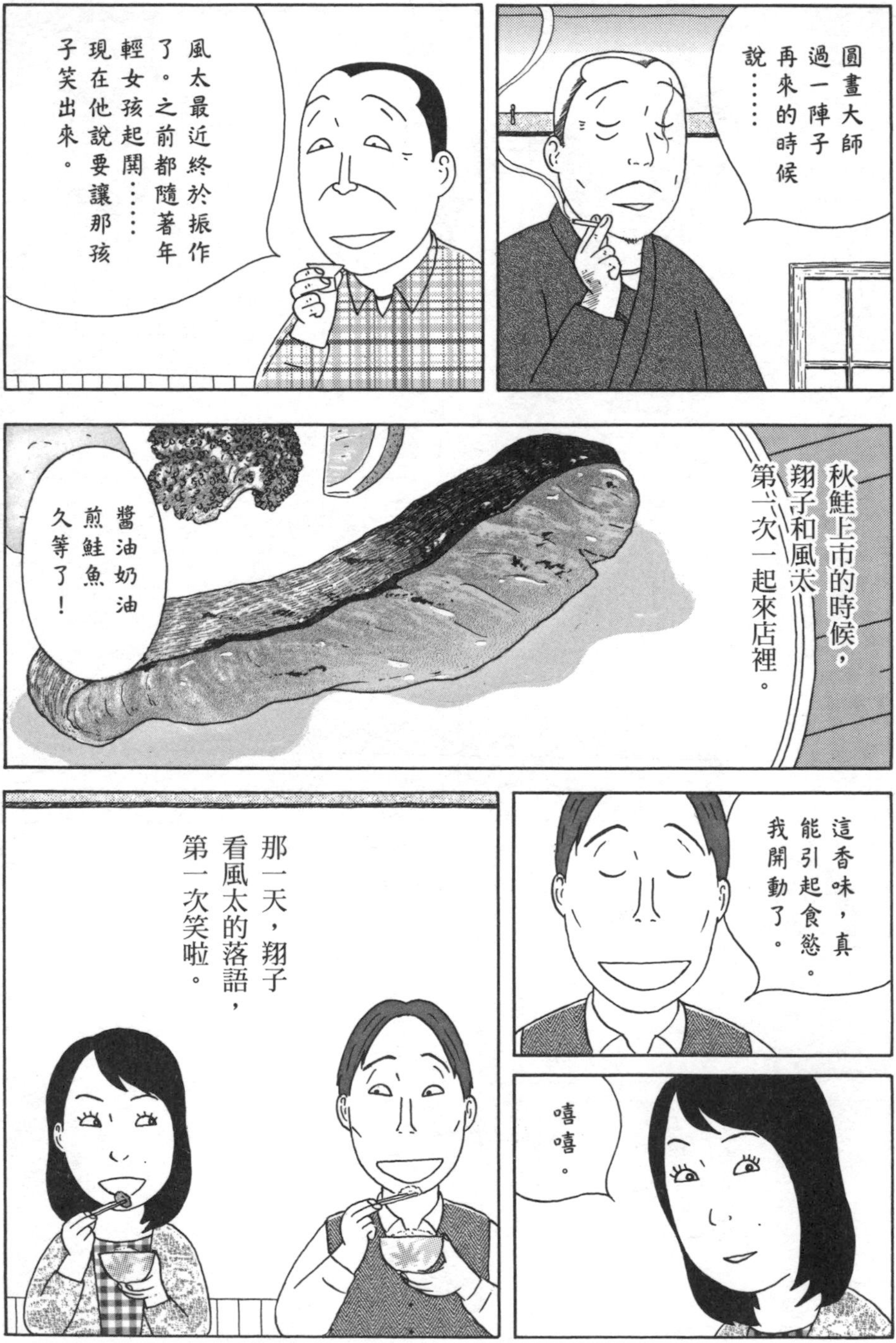
圓畫大師過一陣子再來的時候說……
風太最近終於振作了。之前都隨著年輕女孩起鬨……現在他說要讓那孩子笑出來。
秋鮭上市的時候，翔子和風太第一次一起來店裡。
醬油奶油煎鮭魚久等了！
這香味，真能引起食慾。我開動了。
嘻嘻。
那一天，翔子看風太的落語，第一次笑啦。

第250夜◎炸豆腐

咚
喀啦
歡迎光臨。
客人總會在差不多的時間來，
於是有「那個人的時間」的說法。
像東海林先生總是凌晨四點半
左右，夏天點奴豆腐，
這時節就點炸豆腐配酒。

東海林先生自稱小說家，但沒人看過他的小說。
呼
呼
呼
呼
謠傳他靠收入高的女人吃軟飯。
吸
啊，人生如朝露……
……
有時候會說意味深長的話，但其他的常客說一定是從別處聽來的。
喀啦
歡迎光臨。
早安。
進來的是特種營業的佐織，男人是第一次來，大概就是佐織常抱怨的不成材爛男友。

啊，老師！
小蘋果？
你們認識？
這是常常指定我的小說家。
要不要一起坐？男朋友也一起。
阿拓，可以嗎？
好。
哎，劇場演員啊。演過什麼戲嗎？
不是舞台劇，是電視劇。

上次還演了兩小時的推理劇呢。
只有大概五秒的鏡頭啦。
嗯～好羨慕啊。
「是福不是禍，是禍躲不過。富貴在天，生死有命。」凡事都是命定，阿拓的時機就是現在，今後會有機會的啊。
老師……我之後發展得起來吧！
咦?!嗯……
啊，香菸……
老師，請用。
抱歉。
來，老師。

再過一陣子，味道就會出來。
阿拓……眼神很好。
謝謝！
喀噹
阿拓，太好了。
……
真敢說。東海林先生根本沒看過他演戲。但兩個年輕人聽得非常高興，那天全由佐織買單。
兩週後——
老是說不負責任的話，沒問題嗎？
有什麼關係。沒有人被稱讚會生氣的，之後就看本人運氣和實力了。

喀啦
佐織?!
……
……
嗚嗚
嗚嗚
遇見東海林先生後隔天，
男友收到不少試鏡機會，
但可能看太重了
反而表現失常，全部落選。
最近都在喝悶酒。
然後車子貸款的催款單寄來了，
是佐織的名義，她完全不知情。
他半夜喝酒回來，
我們大吵一架。
阿拓踢我還打我，
然後就離開了。
這次就分手吧，
打女人的男人
是不行的。
佐織
還喜歡他
嗎？

現在不知道了……但是拓也沒了我就更不行了……
佐織對他太好了。有時候該把他推開，這是為他好。
我們走吧。看在佐織這麼努力為他付出，我來獎勵妳！
哎?!
老闆，算帳。
嗯?!
哼。什麼獎勵啊！
分明是要帶她上賓館。但大家都是大人了，我也不好說什麼。
佐織啊，男友不是好東西，東海林先生也好不到哪裡去喔……
か

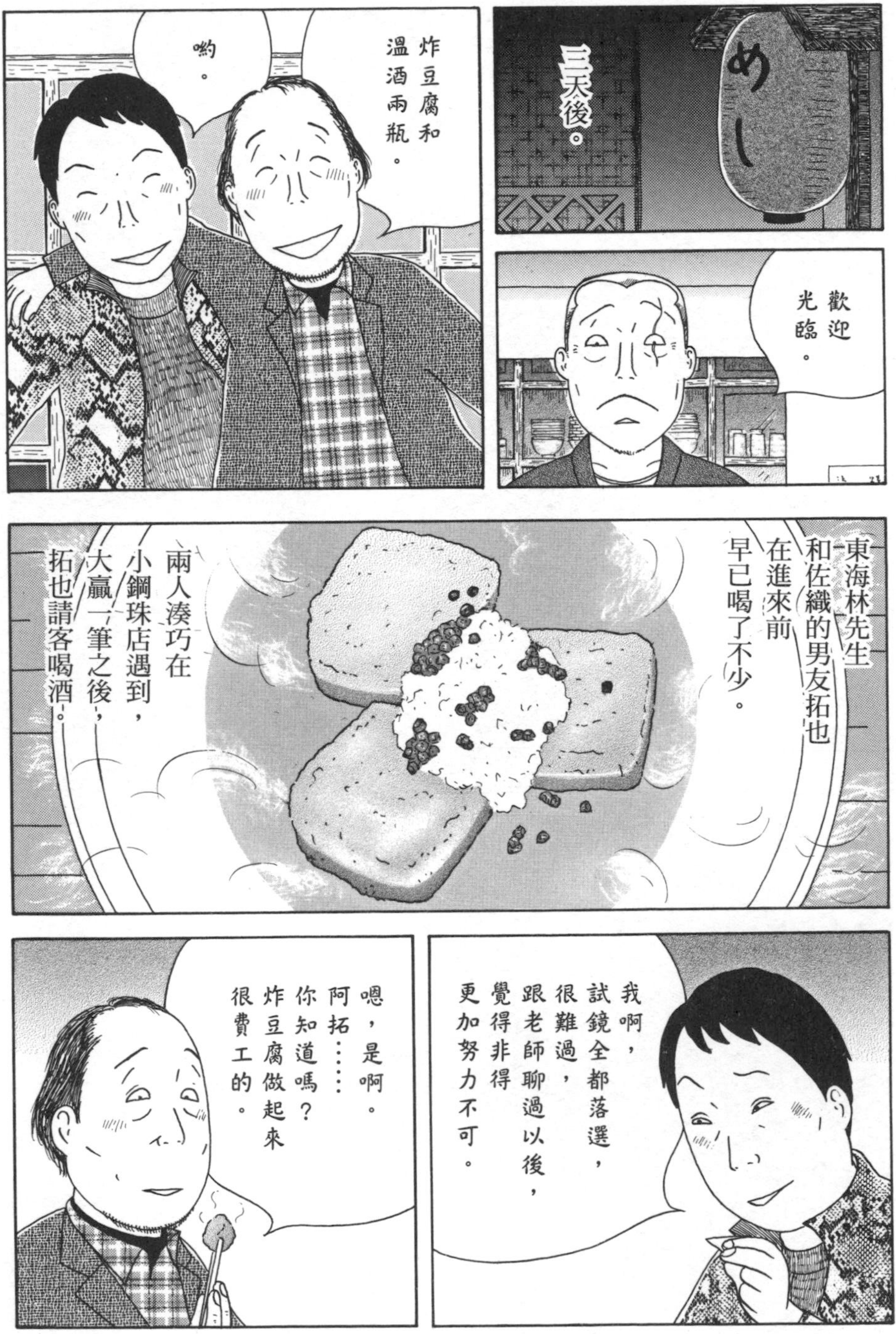
めし
三天後。
歡迎光臨。
炸豆腐和溫酒兩瓶。
喲。
東海林先生和佐織的男友拓也在進來前早已喝了不少。
兩人湊巧在小鋼珠店遇到，大贏一筆之後，拓也請客喝酒。
我啊，試鏡全都落選，很難過，跟老師聊過以後，覺得非得更加努力不可。
嗯，是啊。
阿拓……你知道嗎？炸豆腐做起來很費工的。

豆腐拭去水分，裹粉下鍋炸，還得準備高湯。不花功夫就不會好吃。小說跟演戲都一樣。
老師果然都說金玉良言。只有老師瞭解我，我一輩子都會跟隨老師！
說什麼啊。未來的大明星，村木拓也乾杯！
乾杯！
六天後。
拓也獨自一個人來了
新宿ゴールデン街
老師沒來嗎？
在那之後就沒來了。怎麼啦？

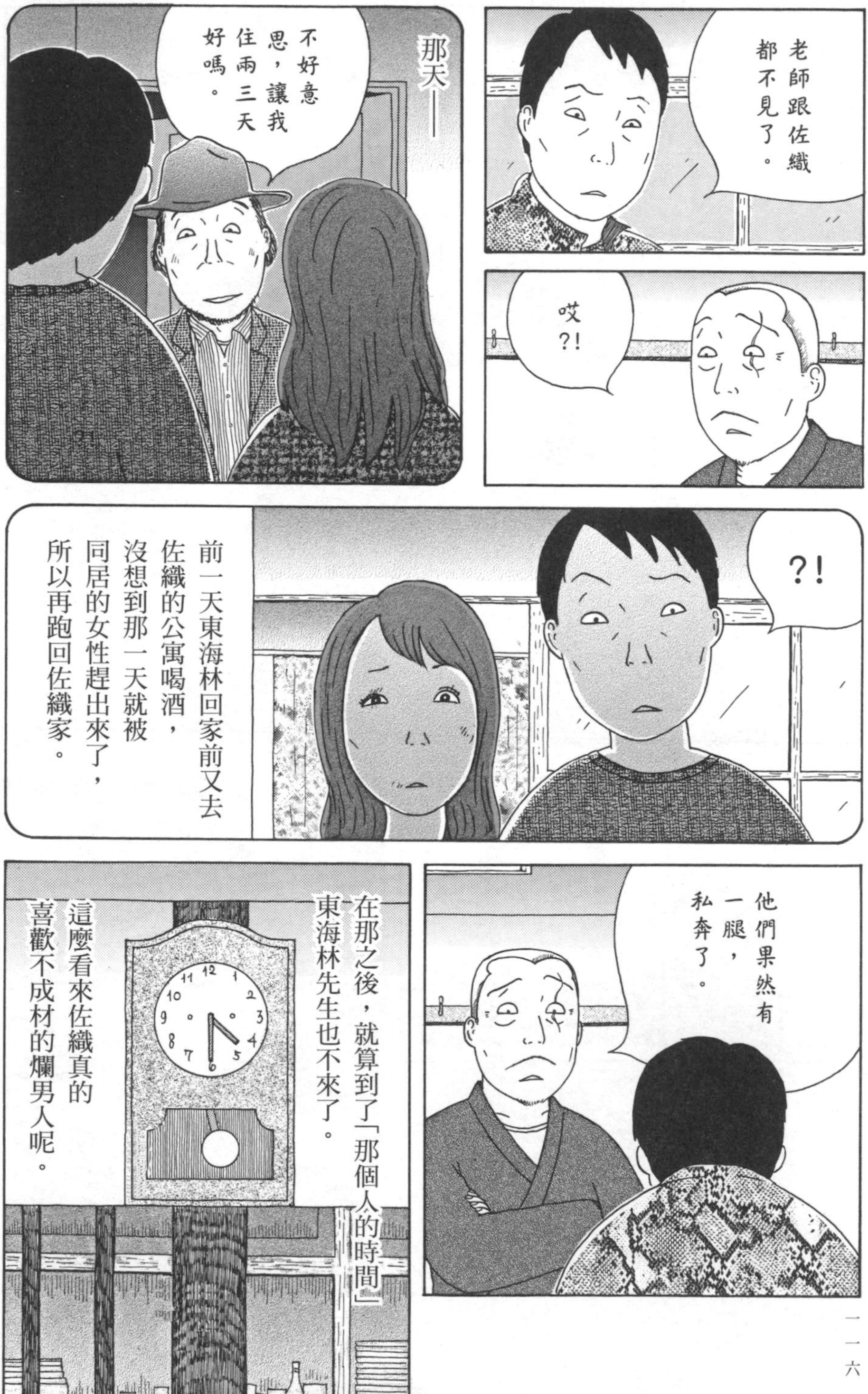
老師跟佐織都不見了。
哎?!
那天——
不好意思，讓我住兩三天好嗎。
?!
前一天東海林回家前又去佐織的公寓喝酒，沒想到那一天就被同居的女性趕出來了，所以再跑回佐織家。
他們果然有一腿，私奔了。
在那之後，就算到了「那個人的時間」東海林先生也不來了。
這麼看來佐織真的喜歡不成材的爛男人呢。

第251夜◎他人丼
雞肉加雞蛋是「親子丼」用牛肉或豬肉取代雞肉叫做「開化丼」，店裡用豬肉和雞蛋，叫做「他人丼」。討厭雞肉的田上先生都點這個。
我開動了。
嗯～

喀
啦
能做他人丼嗎？
可以。
那請給我他人丼。
?!
?!
歡迎光臨。
……
啊，你們是兄弟？
?!

我是田上。
川喜多設備股份有限公司
管理部
部長
田上 太郎
電話(○3)××××－×××
FAX(○3)××××－×××
上田貿易股份有限公司
社長
上田 一郎
電話(○三)××××－××××
FAX(○三)××××－××××
e-mail ×××××××××
我是上田。
喔，是社長啊?!
是部長啊?!
沒什麼，小公司。
今天第一次來的上田先生，在一番街的小酒館聽說我們店，就過來了。上田先生也討厭雞肉。
兩人真的很像呢。
像到彷彿有血緣關係啊，請多指教。
哪裡，我也是。
他人丼久等了。

在那之後神似的兩人常常一起約喝酒。
night Angel
クラブ 愁
Lecka
ピアス
歡迎光臨，上田先生？
?!
一模一樣！
真的，好像雙胞胎。
其實我們是複製人喔。
騙人啦～
他人丼久等了。
兩人一起去哪裡都很受歡迎呢。
是啊。

一定是啊。只有小地方不一樣，所以有意思。
我給老婆看上田先生的照片 她說上田先生比較帥。
哈哈哈……請向夫人問好。
大家好。
店裡的常客，歌舞伎町橡木夜總會的加代子媽媽桑。
喀啦
歡迎光臨。
喲，媽媽桑，好久不見。
哎喲，田上先生！你們是兄弟？
這樣啊，完全沒關係?! 但是真的好像啊。
是吧?!
咚、
咚、

對了，田上先生，百合又來店裡上班了。
哎?!
百合是橡木夜總會田上先生喜歡的陪酒女郎，半年前離開了。田上先生自從百合辭職之後就一直沒去橡木了。
百合說要結婚……
婚好像沒結成，她沒說細節就是了。
百合很在意田上先生呢。
田上先生義不容辭啊。
那我要不要去安慰百合呢。
歡迎歡迎。上田先生也一起來。百合一定很高興的。
嗯，我去！

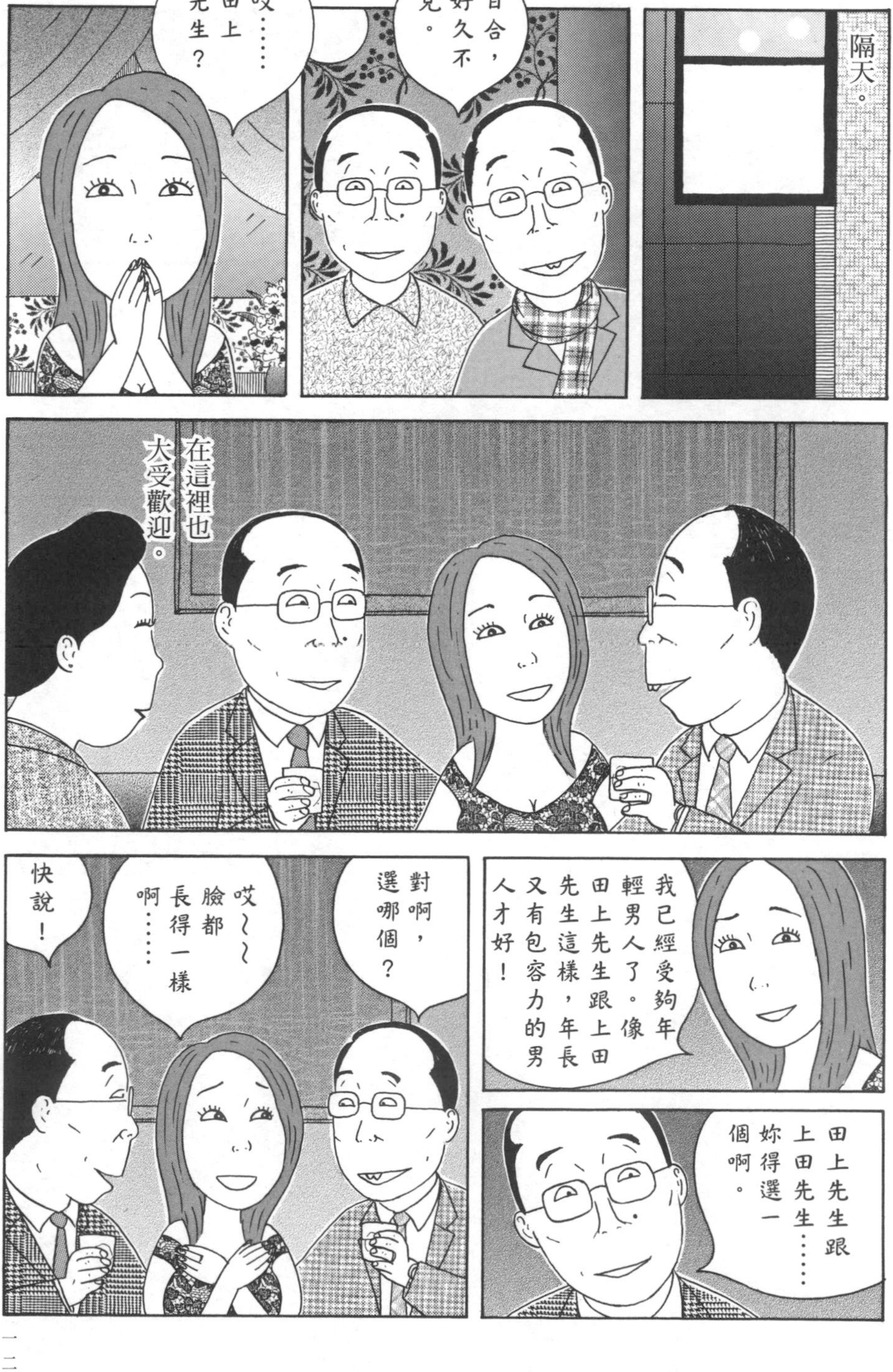
隔天。
百合，好久不見。
哎……田上先生？
在這裡也大受歡迎。
我已經受夠年輕男人了。像田上先生跟上田先生這樣，年長又有包容力的男人才好！
田上先生跟上田先生……妳得選一個啊。
對啊，選哪個？
哎～～臉都長得一樣啊……
快說！

めし
一個月後。
最近有見到上田先生嗎？
時間都搭不上。他好像也常去橡木，但都沒遇到。
唔。
討厭啦，好色。
喀啦
哈哈……老闆，兩份他人丼。
?!
!
田上先生……
我開動了。

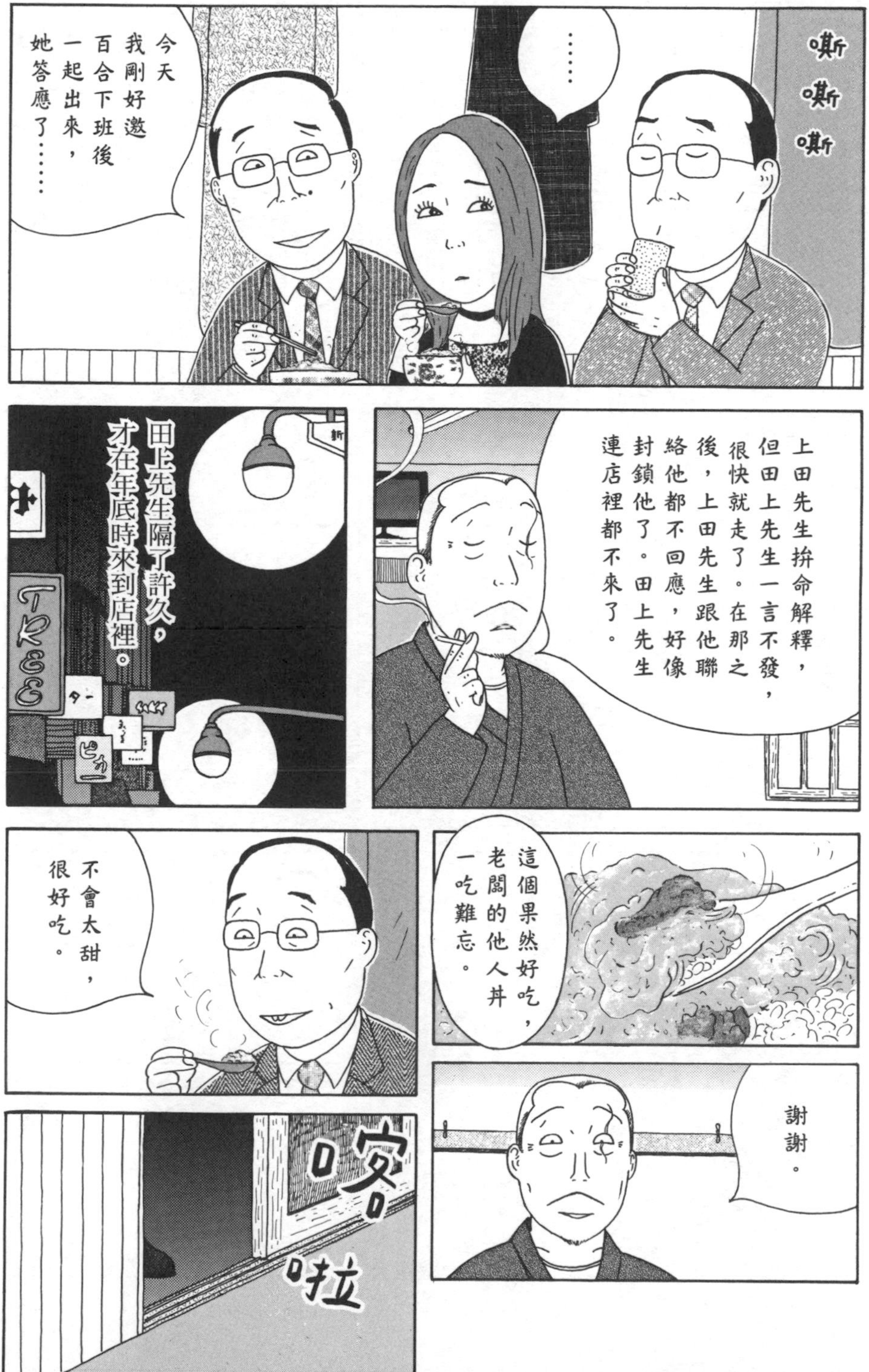
嘶嘶嘶
……
今天我剛好邀百合下班後一起出來，她答應了……
上田先生拚命解釋，但田上先生一言不發，很快就走了。在那之後，上田先生跟他聯絡他都不回應，好像封鎖他了。田上先生連店裡都不來了。
田上先生隔了許久，才在年底時來到店裡。
這個果然好吃，老闆的他人丼一吃難忘。
不會太甜，很好吃。
謝謝。
喀啦

上田先生不是剛好出現。他說一定要跟田上先生談談，要我在他來店的時候通知他。
呼
哈
歡迎光臨。
?!
可以坐這裡嗎？
……
我和百合分手了。我都買了房子給她，但她還是忘不了未婚夫，跟他破鏡重圓去了。
哼。長得就不是年輕女人喜歡的面孔。
老闆，我要他人丼。
好。
哈哈……是啊。

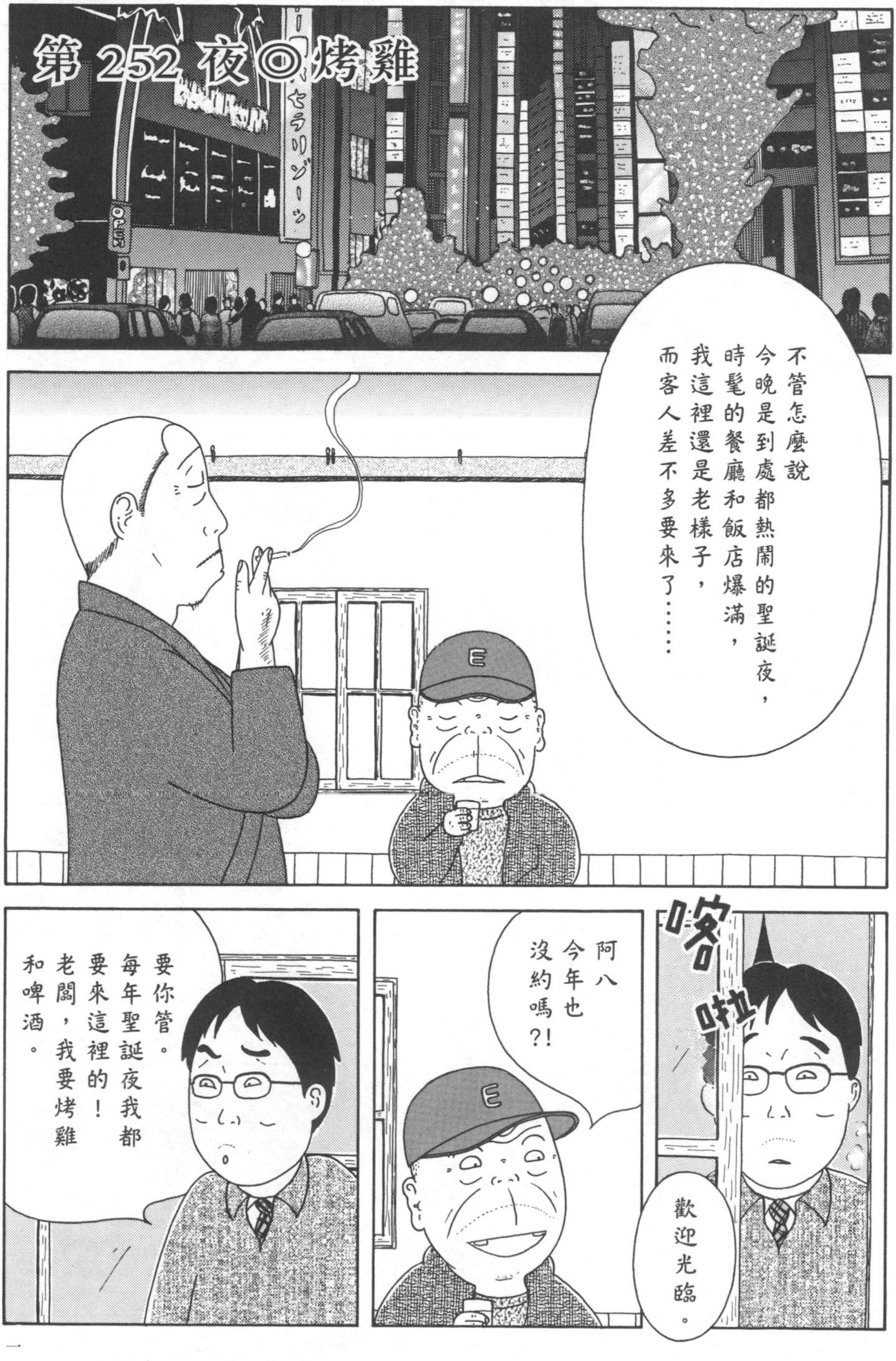
第252夜◎烤雞
不管怎麼說
今晚是到處都熱鬧的聖誕夜，
時髦的餐廳和飯店爆滿，
我這裡還是老樣子，
而客人差不多要來了……
喀啦
歡迎光臨。
阿八
今年也
沒約嗎?!
要你管。
每年聖誕夜我都
要來這裡的！
老闆，我要烤雞
和啤酒。

這道烤雞腿
平常要預約，
今晚先多準備了。
因為今天
點的人較多。
菜名也改成——
「烤雞，久等了。」
日本人為什麼聖誕節要吃雞啊？
就像正月吃年糕湯一樣啊。
喀啦
歡迎光臨。
聖誕快樂！

喲，今天也是三人行。
鐵三角呢!!
真囉唆。
聖誕節就是要來這裡啊！
想吃茶泡飯，但今天還是要點那個啦。
我們要烤雞！
好。
咚、咚、咚、——

三點過後
店裡就是這景象。
大家真的都沒別處可去呢。
什麼啊?!
才不是沒處可去呢。
對。我們是刻意來這裡的!
我雖然不是刻意但在這裡最自在。
對啊,什麼人都會來,不會無聊。

Merry X'mas!
聖誕老人！
是真人?!
每個好孩子都有禮物！
來，可愛的小姐！
哎，給我嗎?!
然後其他人也有。
謝謝聖誕老人！
聖誕老人的驚喜禮物讓大家都很興奮。

馬可辛苦了。要不要喝啤酒？
謝謝，我晚點再來。還得去別處。
老闆，聖誕老人也有朋友啊？
嗯。馬可每年這個時候從芬蘭來賺點外快。他愛上了章魚燒，現在在築地的章魚燒店工作[4]。聖誕老人是兼差。
什麼?!大碗白飯……
大碗白飯
我是豆渣。
我是蘿蔔泥。
一個可樂餅。
我是水煮蛋。
小碗豬肉味噌湯。
我是鮪魚美乃滋飯糰……

4 見單行本第十一集第153夜〈章魚燒〉。

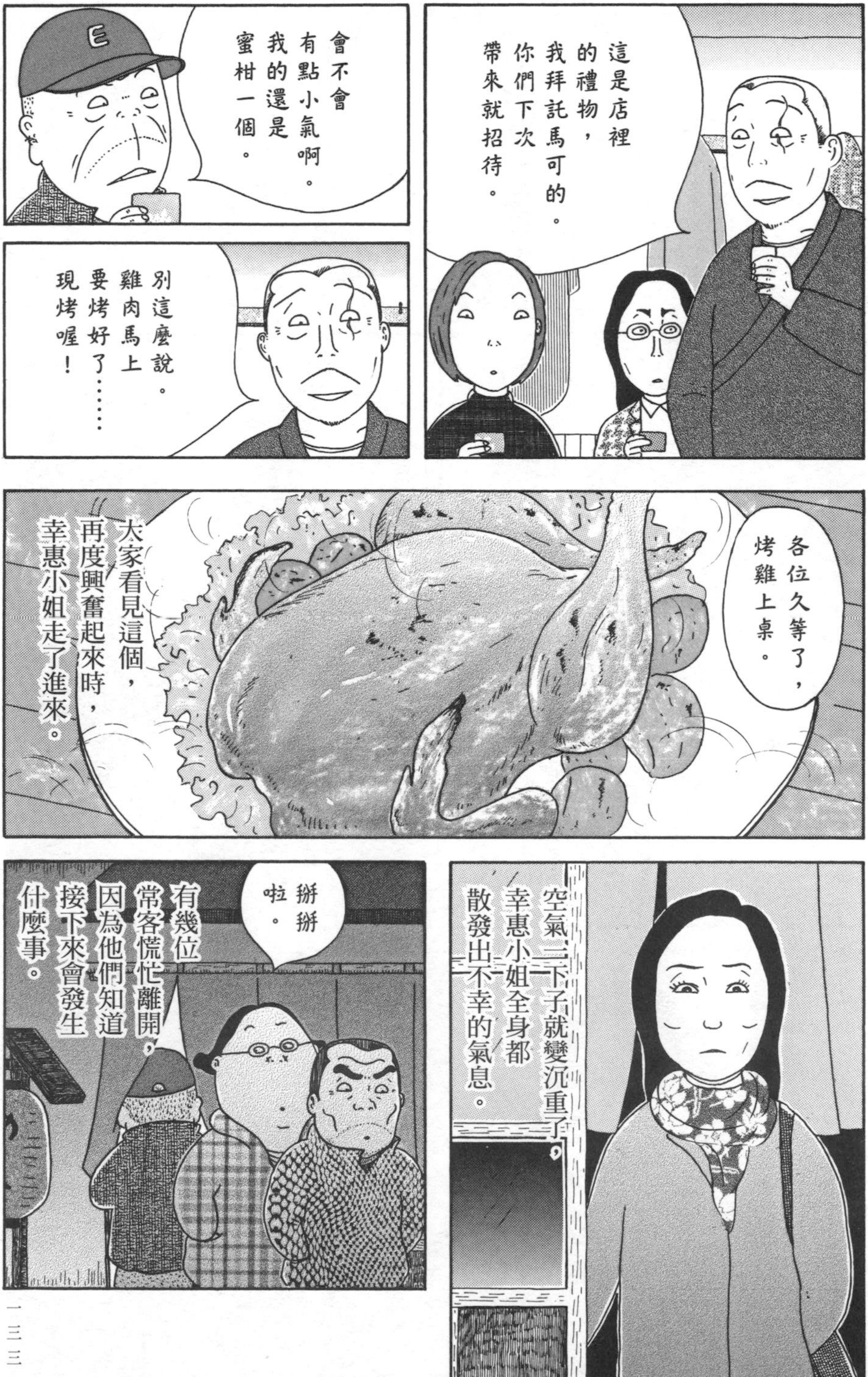
這是店裡的禮物，我拜託馬可的。你們下次帶來就招待。
會不會有點小氣啊。我的還是蜜柑一個。
別這麼說。雞肉馬上要烤好了……現烤喔！
各位久等了，烤雞上桌。
大家看見這個，再度興奮起來時，幸惠小姐走了進來。
空氣一下子就變沉重了，幸惠小姐全身都散發出不幸的氣息。
掰掰啦。
有幾位常客慌忙離開，因為他們知道接下來會發生什麼事。

他生日時我送他拿掉電池的懷錶……
又開始了，幸惠小姐每三個月一次來店裡哭訴……
意思是……？
第一次見到她的茶泡飯姊妹很感興趣，畢竟人都喜歡幸災樂禍。
我跟他已經交往十年了，他有老婆孩子。但是他說跟老婆是大學時奉子成婚的，答應我五十五歲時就要離婚跟我在一起……
哎……
但是他五十五歲了還是沒有離婚……
這樣我就只是小三啊，嗚嗚嗚……

最近每次都講這件事。
然後上個月他五十六歲生日，我又送他停在五十五歲最後一天的懷錶。
這樣啊……
要是到除夕他還不離婚，我就跟他分手。
嗯，這才對。這種男人還是分了吧。
跟他分手，另找小鮮肉吧！
就是！像妳這麼美的女士太可惜了，要不然就我……
Merry X'mas!
喀啦

小姐，這是送妳的禮物。
哎，送我?!
打開小盒，裡面是個懷錶。日期是今天，錶的指針是現在時刻。
這是……哪來的？
外面的紳士拜託我的。要我給店裡最有魅力的女士。
幸惠小姐連外套都沒穿就衝出去。他好像聽幸惠小姐提過這裡。
久等了……
這是幸惠小姐最棒的聖誕禮物啊！

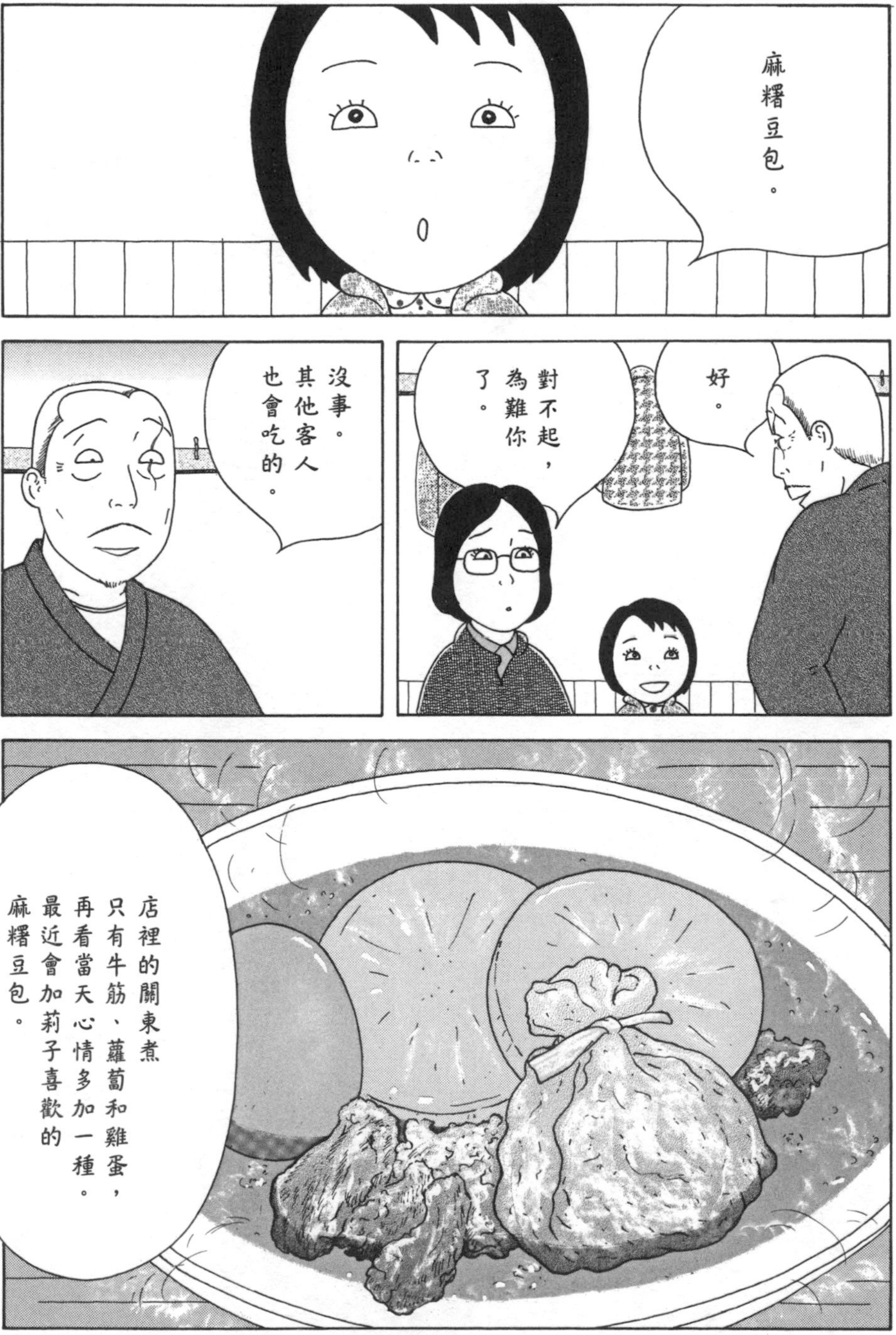
麻糬豆包。
好。
對不起，為難你了。
沒事。其他客人也會吃的。
店裡的關東煮只有牛筋、蘿蔔和雞蛋，再看當天心情多加一種。最近會加莉子喜歡的麻糬豆包。

第253夜◎關東煮豆包

呼
呼
啊，裡面有起司。
當然要放。
太好了，莉子。
嗯。
莉子的媽媽美香子小姐是書封設計師。莉子被寄在開到深夜的托兒所，偶爾在回家前兩人一起過來。
喀啦
進來的是歌舞伎町的酒家女瑠奈。
歡迎光臨。
溫酒，我用玻璃杯喝。

瑠奈好像不太高興。
……
咕嘟
喂，妳一直盯著我幹什麼!!
對不起。莉子……
因為，姊姊好漂亮……
我漂亮？
嗯，好像公主。

哎喲，對不起啦……妳叫莉子？
嗯……
老闆，我請莉子喝果汁。
好。
莉子讓瑠奈開心起來了。
乾杯～
於是她跟莉子和美香子小姐聊了起來。
兩週後。
めし
老闆，看這個！
這什麼?!

莉子生日她們邀我去的。莉子說想跟瑠奈一樣，美香子同意了我就替她化妝。
莉子超開心的。
才四歲的女生也想變漂亮啊。
是啊！替安養中心的阿嬤們化妝，她們精神也會好起來，跟年紀無關！
哎～
啊……對了，妳上次說國中同學會，怎麼樣啦？
我去了。就是上次在這裡碰到莉子那天……

哎，妳是櫻井?!
真的判若兩人。
現在在做什麼?
男生都對我很好，但是女生就……
嗯，什麼啊?!
好像在陪酒耶。
她不是單眼皮嗎?
整型啦。以前鼻子很塌，變了個人啦。
整過頭啦。
我愛怎樣有什麼關係，我花的是自己賺的錢。
所以妳上次來時心情不好啊。
對。但是在那之後好幾個男生到酒店來了。同學會真是拉生意的好場合。

三天後。
めしや
嗯?!
這是什麼？
章魚燒。味道怎樣？
莉子喜歡！
太好了。喜歡上次加了麻糬和起司的對吧，那下次要放什麼呢？
巧克力
哎，巧克力?!
喀啦
大家好。
啊，瑠奈!!

哎，這是什麼?!
有小番茄！
莉子的是章魚燒！
今天豆包裡的餡料都不一樣。
哎，真好玩！
瑠奈，有什麼開心的事嗎？妳一直微笑呢。
是啊，看得出來？
之前瑠奈沒去同學會的暗戀對象，今天去店裡了。
那個人結婚了嗎？
還是單身，跟以前一樣是個帥哥！

太好了！
就是啊!!
那天她們聊得很盡興。後來瑠奈開始跟他交往，每次來店裡都說個不停。
三月底，春假的時候美香子把莉子送回娘家，自己來店裡喝酒，瑠奈憂鬱地進來了。
BAR
晩年
garagere
他跟我求婚了。
他嗎?!太好了。
我本來不想結婚，但看見莉子，就想要個可愛的女兒…

他不是很帥嗎
瑠奈也……
我跟他說了
我整型過。
……
他說喜歡我的內在、我這個人，所以外表不重要。
這不是很好嗎？
他很瞭解瑠奈呢。
他最後說他其實戴假髮，沒關係吧——妳覺得呢？
哎?!
今後要一起過日子，還是知道彼此真實的一面比較好喔。

清口菜

清口菜◎ 深夜食堂全球瘋

老闆，這是禮物。
謝謝。是什麼？
這位是《深夜食堂》電影、日劇的製作人遠藤先生。
我們剛出一系列《深夜食堂》DVD。這套是在Netflix上播的第四季。
這是去年上映的《深夜食堂電影版2》。
哎。
還有那是去年播映的韓國版《深夜食堂 from Soeul》。
真的耶！

《深夜食堂》華語版電視劇馬上要開播了，中國也決定要拍電影。
為什麼在海外這麼受歡迎啊？明明是這麼平凡的漫畫。
是啊！
因為很多不盡如意的人都設法努力活下去，大家覺得很療癒吧。
不爽！我們的人生都不順就是了！
喀啦
Bonsoir!
這兩位是看了法國版《深夜食堂》漫畫來的。
到底是有多紅啊……
深夜食堂
シンヤ
ショクドウ

深夜食堂YY0318

深夜食堂18

作者

安倍夜郎（Abe Yaro）

一九六三年二月二日生。曾任廣告導演，二〇〇三年以《山本掏耳店》獲得「小學館新人漫畫大賞」，之後正式在漫畫界出道，成為專職漫畫家。

《深夜食堂》在二〇〇六年開始連載，隔年獲得「第五十五回小學館漫畫賞」及「第三十九回漫畫家協會賞大賞」。由於作品氣氛濃郁，風格特殊，四度改編日劇播映。同時於二〇一五年首度改編成電影，二〇一六年再拍電影續集。

譯者

丁世佳

以文字轉換糊口二十餘年，英日文譯作散見各大書店。對日本料理大大有愛；一面翻譯《深夜食堂》一面照做老闆的各種拿手菜。

裝幀設計　黑木香
美術設計　佐藤千惠+Bay Bridge Studio
版面構成　兒日
內頁排版　黃雅藍
手寫字體　鹿夏男
責任編輯　陳柏昌
行銷企劃　賴姵如
版權負責　陳柏昌
副總編輯　梁心愉

初版一刷　二〇一七年五月三十一日
初版七刷　二〇二三年五月十五日
定價　新臺幣二〇〇元

ThinKingDom 新經典文化
發行人　葉美瑤
出版　新經典圖文傳播有限公司
地址　臺北市中正區重慶南路一段五七號十一樓之四
電話　02-2331-1830　傳真　02-2331-1831
讀者服務信箱　thinkingdomtw@gmail.com
部落格　http://blog.roodo.com/thinkingdom

總經銷　高寶書版集團
地址　臺北市內湖區洲子街八八號三樓
電話　02-2799-2788　傳真　02-2799-0909
海外總經銷　時報文化出版企業股份有限公司
地址　桃園市龜山區萬壽路二段三五一號
電話　02-2306-6842　傳真　02-2304-9301

深夜食堂 / 安倍夜郎作；丁世佳譯. -- 初版. --
臺北市：新經典圖文傳播, 2017.05-
152面；14.8X21公分

ISBN 978-986-5824-80-8（第18冊：平裝）